DEAN R. KOONTZ

Nach dem letzten Rennen

Wer Goldmann Kriminalromane liest, zeigt, daß er auf Niveau achtet.

DEAN R. KOONTZ

Nach dem letzten Rennen

AFTER THE LAST RACE

Kriminalroman

WILHELM GOLDMANN VERLAG MÜNCHEN

KRIMI VERLAG AG WOLLERAU/SCHWEIZ

Die Hauptpersonen des Romans sind:

Jack Killigan	Geschäftsführer
Rita Janifer	seine Freundin
Henry Cooper	Angestellter
Edgar Garrison Annie Sherred Dominick Savestio Willie Denver Lou Velinski Pat Jessup Vince Greenfield	planen einen Raubüberfall

Der Roman spielt in Pennsylvania, USA.

Made in Germany · I · 1110
 Umschlagfoto: Bildarchiv Marion Schweitzer. Satz und Druck: Presse-Druck Augsburg. KRIMI 4551.
ze/ho
ISBN 3-442-04551-7

1

Garrison drehte sich einmal langsam um sich selbst und musterte die Lichtung zwischen den zwei Birken. Hier würde der Pilot auf das Signal warten. Hier, wo die Sicht gut war. Hier im Schatten. Es war der ideale Ort.

Edgar Garrison hatte nur wenig Mühe, den Hang zu der Lichtung zu erklimmen. Die Erde war feucht, und der Teppich welken Laubes glänzte wie poliertes Schildpatt. Verschiedentlich war er ausgerutscht und hatte sich an einem Baum oder einem Steinbrocken festhalten müssen. Ansonsten jedoch war der Anstieg nicht anstrengender gewesen als ein Sonntagsspaziergang. Er war den Gräben gefolgt, die das vom Hügel herabströmende Regenwasser im Lauf der Jahre ausgehoben hatte. Nicht einmal zehn Minuten hatte er von der Lichtung im Tal bis zum Kamm hinauf gebraucht.

Am Waldrand hatte er diese schattige Stelle zwischen den zwei schlanken, weißen Birken gefunden. Während er dort stand, wo er nicht gesehen werden konnte, musterte er die Century Oaks Rennbahn, die sich hell und sauber vor den sanft gewellten Hügeln Pennsylvaniens abhob.

Die Stallungen lagen an diesem Ende des zwölfhundert Morgen großen Geländes, nicht mehr als hundert Meter abwärts, umfriedet von einem hohen Maschendrahtzaun. Innerhalb des Zauns standen in wohlgeordneten Reihen achtundfünfzig lange Stallgebäude, alle rostrot mit leuchtend weißen Dächern. In ihnen hatten fast achthundert Pferde Platz. Ein halbes Dutzend Reitknechte stand in einem dichten Grüppchen vor dem ›Motel‹, das zur Rennbahn gehörte und in dem das Personal untergebracht war. Sie unterhielten sich angeregt. Garrison konnte nichts hören, doch ab und zu drang besonders lautes Gelächter zu ihm hinauf. Ein sehr schöner, kastanienbrauner Dreijähriger stand in königlicher Haltung vor seiner Box und ließ sich von einem jungen Mädchen striegeln. Zwei Pferde, die am ersten Rennen des Nachmittags teilgenommen hatten, trotteten träge hinter den Stalljungen her, die sie zur Entspannung und allmählichen Abkühlung im Kreise herumführten, ehe sie wieder in ihre Ställe gebracht wurden. Das Bild war idyllisch.

Die Erinnerungen, die es weckte, trafen Garrison schmerzlich. Er wandte den Blick ab.

Jenseits der Stallungen schloß sich eine schnurgerade Reihe von fünfzig mächtigen, alten Eichen an den Maschendrahtzaun an. Die eine Meile lange Bahn lag auf der anderen Seite der Eichen, umringt von einem frisch gestrichenen, weißen Geländer. Zwei gelbe Traktoren mit gestreiften Sonnendächern zogen schwere Planiereisen über den Turf, um alle Spuren des ersten Rennens zu beseitigen.

Wenn er höher blickte, über die Wipfel der mächtigen Bäume hinweg, konnte er das Restaurant sehen. Die unteren Ränge der Tribüne waren von den Eichen verborgen. Doch die oberen Ränge waren gut zu erkennen, ebenso wie der große Glaskasten des Restaurants und der gesamte vierte Stock, wo sich die Büros befanden, die Richtertribüne, der Presseraum und das luxuriöse VIP-Restaurant.

Er hob den Feldstecher und richtete ihn auf die Videotape Kameras, die am Rande des Restaurantdachs befestigt waren. Als er das Glas scharf eingestellt hatte, senkte er es so weit, daß er in den Presseraum im vierten Stock hineinblikken konnte, der mindestens 800 Meter entfernt war. Ein halbes Dutzend Reporter stand an den Fenstern und blickte auf die elektronische Totalisator-Tafel, die die ständig wechselnden Wetten anzeigte. Der Feldstecher war so gut, daß er zwei der Zeitungsleute sogar erkennen konnte.

»Prachtvoll«, sagte er leise.

Garrison schwenkte das Glas von rechts nach links, an einer langen Reihe von Fenstern vorbei, bis er das winzige Büro im Blickfeld hatte, das er gesucht hatte. Der Raum war dunkel. In der oberen Hälfte des einzigen Fensters spiegelte sich das Sonnenlicht.

Er senkte den Feldstecher und sah auf die Uhr. Es war zwanzig nach eins. Zehn Minuten hatte er noch Zeit.

Er ließ sich auf einem kleinen Felsbrocken nieder und lauschte dem Zwitschern der Vögel. Er fühlte sich wohl in dieser natürlichen Umgebung. Er war einsfünfundachtzig, wog neunzig Kilo und war mit siebenunddreißig Jahren noch so schlank und straff wie er mit einundzwanzig gewesen war. Sein Gesicht war schmal, tief gebräunt, gegerbt von Sonne und Wind. Mit seiner hohen Stirn, den tiefliegenden braunen Augen und der Fülle ungebärdigen braunen Haares sah er aus wie Hollywoods Idealvorstellung vom eigenbrötlerischen Cowboy. Er hatte einen kräftigen Hals, breite Schultern, Arme, die eine Spur zu lang waren. Er trug Tennisschuhe, Jeans und ein langärmeliges, blaues Arbeitshemd.

Wieder sah er auf seine Uhr, stand auf, trat zwischen die zwei Birken und hob den Feldstecher.

Trotz der glitzernden Sonnenreflexe konnte er sie am Fenster des vierten Stocks sehen. Sie trug einen beigefarbenen Hosenanzug mit einem tomatenroten Tuch um den Hals. In der erhobenen Hand hielt sie ein rot-weiß gestreiftes Taschentuch. Das Glas war so gut, daß sie das Taschentuch am Samstag, wenn das Unternehmen startete, nicht brauchen würden.

Garrison nahm das Glas ab und verstaute es in der Ledertasche, die an seinem Gürtel hing. Er drückte die Ledertasche zu und ließ noch einmal den Blick über die Lichtung schweifen – und versuchte, sich vorzustellen, daß jedes Blatt ein leuchtend grüner Dollarschein war. Zwei Millionen Dollar.

Vielleicht mehr. Damit konnte man sich ein neues Leben kaufen, neue Chancen, neue Würde ...

Er holte tief Atem. Dann blickte er wieder auf seine Uhr. Als der rote Sekundenzeiger zur Zwölf hinaufgerückt war, rannte Garrison los.

Den Kopf gesenkt, den rechten Arm erhoben, um sein Gesicht vor den Peitschenschlägen dorniger Zweige zu schützen, rannte er über den breiten Hügelkamm. Der lange Arm eines Brombeerstrauchs verhakte sich in seinen Jeans. Er riß sich los und hetzte weiter.

Als das Gelände sich zu senken begann, entdeckte er eine Regenrinne und jagte wesentlich schneller den Hang hinunter als er heraufgekommen war. Poröser Kalkstein, vom Wasser poliert, bildete den Grund des Regengrabens. Er war so rutschig wie frisch gewachstes Parkett. Er stürzte, rappelte sich wieder hoch, rannte weiter. Vor einem Fels, der der Erosion hartnäckig widerstanden hatte, teilte sich der Graben. Garrison zögerte nicht. Er hielt sich rechts, stützte sich an den Fels, um das Gleichgewicht zu bewahren und hastete weiter.

Das Keuchen seines Atems drang wie das ferne Pfeifen einer Sirene zu ihm. Nur das und das Tamtam seines Herzschlags konnte er hören.

Weiter unten am Hang wuchs Berglorbeer zu beiden Seiten des Grabens und breitete seine Zweige über ihn aus. Garrison duckte sich und versuchte, unter dem Lorbeer hindurchzurutschen. Doch die Zweige hingen zu tief. Er senkte den Kopf wie ein Stier zum Angriff auf das rote Tuch und schoß, einen Arm schützend vor die Augen erhoben, mitten durch das Gewirr der Zweige. Sie peitschten seinen Körper und rissen ihm die Wangen und den Hals auf.

Er rannte weiter als spürte er die Schläge nicht, die er einstecken mußte, und endlich hatte er den Fuß des Hangs erreicht. Er hetzte über den Grund der Mulde, schlängelte sich zwischen Bäumen hindurch und mußte ständig in die Hocke gehen, um tiefhängenden Ästen auszuweichen. Leichtfüßig sprang er über Baumstümpfe und Reisig.

Er gelangte aus dem Wald auf das Rund einer Lichtung, und erst als er in der Mitte des großen, freien Platzes war, hielt er inne. Im hohen Gras ließ er sich auf die Knie fallen und sah auf seine Uhr. Er hatte den Weg von den zwei Birken bis hierher in drei Minuten und achtundzwanzig Sekunden geschafft.

Nicht schlecht. Doch war es gut genug?

Er legte sich nieder und schloß die Augen und dachte über diese Fragen nach, während sein Atem allmählich ruhiger wurde und das rasende Hämmern seines Herzens nachließ. Würde der Pilot, dieser Dominick Savestio, es ebenfalls in drei Minuten und achtundzwanzig Sekunden schaffen? Wenn Savestio nun dick und behäbig und außer Kondition war? Und selbst wenn er nicht außer Kondition war, selbst wenn er den Weg in weniger als vier Minuten bewältigen konnte, würde er dann fähig sein, den Hubschrauber zu fliegen? Oder würde er mehrere Minuten brauchen, um wieder zu Atem zu kommen und seine ruhige Hand wiederzufinden? Knapp eine Minute war verstrichen, seit Garrison sich niedergeworfen hatte und schon fühlte er sich fast wieder normal. Aber dieser Dominick Savestio würde vielleicht länger brauchen, um sich zu erholen – oder vielleicht würde er auf halbem Weg einen Herzinfarkt bekommen.

Ja, dachte Garrison sarkastisch, oder vielleicht kommt er den Hang in solchem Tempo herunter, daß er nicht bremsen kann und kopfüber in den verdammten Hubschrauber hineinläuft und bewußtlos liegen bleibt. Und während wir anderen von den Bullen gejagt auf unseren Fluchthelfer warten, liegt der hier k. o. in der Lichtung. Die Möglichkeit solltest du auch in Betracht ziehen, Garrison.

Wenn er sich Kopfzerbrechen machte wie eine ängstliche

Alte, dann hatte er bei dieser Aktion nichts zu suchen. Der Plan duldete keine Unschlüssigkeit. Selbstverständlich war Vorsicht geboten, aber nicht neurotischer Pessimismus. Er hatte diesen Savestio noch nicht einmal kennengelernt, und solange er ihn nicht kannte, waren alle Überlegungen seinetwegen reine Zeitverschwendung.

Er stand auf und ging zum östlichen Ende der Lichtung, wo er seinen zwei Jahre alten Mazda geparkt hatte. Er stieg ein, schloß die Tür, legte den Sicherheitsgurt an und sah auf die Uhr. Als der Sekundenzeiger im Zenit des Zifferblatts stand, ließ Garrison den Wagen an. Er legte den Gang ein und trat das Gaspedal bis zum Boden durch. Die Wagenräder rissen Grasbüschel aus der Erde, als er aus der Lichtung hinauspreschte.

Der Pfad, der in die östliche Flanke des Waldes hineinführte, war nicht mehr als ein ausgefahrener Forstweg. Gras wuchs zwischen den beiden tiefen Radspuren, und zu beiden Seiten des Wegs wucherte Unkraut. Seit fünf Jahren – seit das Stück Land zur Rennbahn gehörte – war der Pfad nicht mehr benutzt worden.

Garrison fuhr schnell. Er riß den Wagen nach rechts, als eine plötzliche Biegung auftauchte, und raste um Haaresbreite an einer Fichtengruppe vorbei. Der Wind pfiff durch das offene Fenster. Dicke Insekten klatschten gegen die Windschutzscheibe.

Achthundert Meter weit führte der Weg bergab. Garrison erhöhte das Tempo. Er sah, daß das Land am Fuß des Hügels eben wurde und der Pfad in einem Tunnel von Fichtenzweigen verschwand. Überzeugt, die Route von seiner Fahrt zur Lichtung genau in Erinnerung zu haben, beschleunigte er auf hundert Stundenkilometer.

Die Reifen donnerten über die wellige Erde.

Garrison fuhr wie ein Rennfahrer: schnell, vorsichtig, aufmerksam, einen Fuß auf dem Gaspedal, den anderen am

Bremspedal. Als er in die Gerade am Fuß des Hügels hineinschoß, brauchte er alle Geschicklichkeit, die ihm zu Gebote stand.

Ein Abflußgraben neben dem Pfad war während des morgendlichen Gewitters überschwemmt. Die beiden Rinnen, in denen die Wagenräder rollten, waren plötzlich voll glitschigen Schlammes. Der Weg war so glatt wie eine Schlittenbahn.

Der Mazda schlingerte einen Moment, wurde aus den Fahrrinnen herausgeschleudert und rutschte seitlich auf eine riesige Ulme zu. Das Steuerrad in Garrisons Händen drehte durch.

Als Garrison leicht auf die Bremse trat, spürte er, wie der Wagen bebte. Er nahm schnell den Fuß vom Pedal, wartete einen Moment, tippte nochmals darauf. Der Wagen drehte sich, sein Heck glitt an der Ulme vorbei.

Das Steuerrad drehte noch immer durch.

Er nahm den Fuß vom Bremspedal, hielt das Steuer fest, bremste nochmals, hob wieder den Fuß ... Der Mazda drehte sich wie ein Karussell. Er hatte jetzt eine Drehung von hundertachtzig Grad beschrieben und rutschte immer noch.

Plötzlich spürte er am Steuerrad, daß die Räder wieder griffen. Die Geschwindigkeit war auf dreißig gefallen. Er zog den Mazda vorsichtig herum, dann trat er wieder aufs Gas. Als sich der Tunnel der Fichten über ihm schloß, stellte er fest, daß der Pfad hier ziemlich trocken war; jetzt konnte er ohne Schwierigkeiten weiterfahren.

Schweißtropfen standen auf seiner Stirn und rannen ihm das Gesicht hinunter. Er zitterte.

Eine halbe Minute später ging er mit der Geschwindigkeit wieder herunter und steuerte den Wagen durch hohes Gras zu einem Parkplatz mit Picknicktischen, keine zehn Meter von einer zweispurigen Asphaltstraße entfernt.

Er sah auf seine Uhr. Er hatte die dreieinhalb Kilometer in drei Minuten geschafft. Schneller als er erwartet hatte.

Er lehnte sich zurück und wartete bis das Zittern in den Knien und Händen nachließ.

Dann legte er den Gang ein und fuhr auf die Landstraße hinaus.

2

Jack Killigan, der Geschäftsführer der Century Oaks Rennbahn, saß an seinem Ecktisch in der obersten Reihe des ›Horsemen's Club‹ und beobachtete durch den Feldstecher, wie die Pferde in ihre Startboxen hineinbugsiert wurden. In den vergangenen zwanzig Minuten war Killigan von Tisch zu Tisch gewandert, hatte Hände geschüttelt, die wettfreudigen Ehrengäste und ihre Frauen begrüßt und dankend das Lob hingenommen, das man ihm an diesem Eröffnungstag der ersten Fünfzig-Tage-Saison dieses Jahres gezollt hatte. Doch jetzt, unmittelbar vor dem fünften Rennen hatte er sich zurückgezogen, wie sich das gehörte. Er wußte, daß seine Gäste jetzt ungestört sein wollten.

Der ›Horsemen's Club‹ war ein feudales, mit einer Glasfront versehenes Restaurant, das nur Mitgliedern offenstand. Keine Ausgabe war gescheut worden, um den Club zu einem luxuriösen Aufenthaltsraum der VIPs zu machen. Die Tische waren groß und solide und alle weiß gedeckt. Das Geschirr und Besteck waren von ausgesuchter Qualität, jeder der gepolsterten, bequemen Stühle hatte breite Armlehnen. Der tiefrote Teppich, der dem Raum behagliche Wärme verlieh, reichte auf der rechten Seite bis zur Decke hinauf; die anderen Wände waren mit Mahagoni getäfelt.

Als Jack am Freitagabend, zwei Tage vor Saisoneröffnung, Rita heraufgeführt hatte, war sie begeistert gewesen.

»Du hast ja wahre Wunder vollbracht, Jack!«

»Gefällt es dir wirklich?«

»Es trieft förmlich von Geld.«

»Genau wie die Leute, die dreitausend Dollar hingelegt haben, um einen Tisch für zweihundert Renntage zu reservieren, obwohl sie nicht mal halb so oft zum Rennen kommen.«

»Wie mein Vater? Und ich?«

»Dein Vater trieft nicht von Geld. Er schwimmt darin.«

Sie lachte. »Weißt du was?«

»Was?«

»Der Raum ist wie gemacht zum Bumsen.«

»Also, Rita!«

»Nein, ernstlich. Die warmen Farben, die behagliche Einrichtung . . . Und die riesige Glasfront spricht die Exhibitionistin in mir an.«

»Ich glaube, wir gehen jetzt lieber.«

»Sei doch kein Spielverderber, Jack.«

»Und gib du dir nicht solche Mühe, mich zu schockieren.«

»Ich will dich gar nicht schockieren. Ich finde nur, es wäre lustig. Nirgends eine Menschenseele. Wir könnten die Lichter ausknipsen. Dann könnten wir auf die Bahn hinaussehen, aber keiner könnte uns sehen.«

»Es wird spät.«

»Ehrlich, Jack! Hast du nicht manchmal das Bedürfnis, über die Stränge zu schlagen, irgendwas Verrücktes zu tun, was gegen die Regeln verstößt?«

»Nein. Es ist schwierig genug, sich durchzuschlagen, ohne gegen die Regeln zu verstoßen.«

»Du bist also zufrieden damit, dich durchzuschlagen.«

»Ganz zufrieden, Rita. Ganz zufrieden.«

Und indem er sich an die Regeln gehalten hatte, indem er dem Aufsichtsrat mit Schmeichelei und Überredungskunst, mit sachlichen Argumenten und Drohungen zugesetzt hatte, hatte er die Century Oaks Rennbahn wieder aufgemöbelt. Er hatte einen heruntergekommenen Betrieb modernisiert und rationalisiert und mit Geschmack neu eingerichtet. Der ›Horsemen's Club‹ war der beste Beweis dafür, daß an der Century Oaks Rennbahn nichts mehr heruntergekommen war.

Die dröhnende Stimme des Ansagers, der die Anfangspositionen der Pferde im fünften Rennen bekanntgab, riß Killigan aus seinen Gedanken. Er griff nach seinem Feldstecher und richtete ihn auf die Bahn.

»Entschuldigen Sie, Mr. Killigan.«

Er senkte das Glas und blickte auf.

Ein Kellner im blütenweißen Jackett mit schwarzer Krawatte und schwarzer Hose stand an seinem Tisch. Der Mann hatte ein Telefon in der Hand.

»Ein Anruf für Sie, Sir. Sind Sie zu sprechen?«

»Ja«, antwortete Killigan.

Der Kellner trat zur anderen Tischseite, stellte den Apparat nieder und steckte den Stecker in eine in den Boden eingelassene Dose. Gemäß den Vorschriften der State Horse Racing Commission befanden sich nirgends auf der Bahn öffentliche Fernsprecher. Selbst die Geschäftsleitungen der Rennbahn wurden eine Stunde vor Beginn des ersten Rennens stillgelegt, außer einem Apparat im Büro des Geschäftsführers und zwei bewachten Apparaten, von denen einer in den Stallungen stand, der andere im Restaurant. Diese Apparate durften nur in Notfällen benutzt werden.

Als der Kellner gegangen war, hob Killigan den Hörer ab.

»Hier Killigan.«

»Henry Cooper, Sir. Ich bin einer von den TRPB-Angestellten hier. Wir haben Probleme. Könnten Sie in Ihr Büro kommen? Ich warte dort auf Sie.«

»Was für Probleme?« fragte Killigan.

»Wettscheinfälschung.«

»Gut, warten Sie. Ich komme sofort.«

»Ja, Sir.«

Killigan legte auf, trank den Rest Bourbon und stand auf. Er trat auf die unter dem Teppich verborgene Matte und wartete bis die Tür aufglitt. Dann eilte er in das kleine Foyer hinaus und von dort in den Hauptkorridor des vierten Stockwerks, in dem sein Büro lag.

Obwohl Jack Killigan nur mittelgroß war, machte er auf fast jeden den Eindruck eines energischen, eisenharten Burschen, der genau wußte, was er wollte. Er war mager wie ein Windhund und seine Bewegungen waren lebhaft und geschmeidig. Sein Gesicht war eckig, die untere Partie leicht in die Länge gezogen, mit einem kantigen Kinn. Die Lippen, schmal fast wie zwei Bleistiftstriche, gaben dem Gesicht einen leicht grausamen Zug. Er hatte eine gerade Nase, zu breit, um sie als aristokratisch zu bezeichnen, und Augen so blau wie zwei Gasflammen. Sein volles Haar war schon ergraut, als er erst Mitte Dreißig gewesen war, dennoch wirkte er allenfalls wie vierzig und nicht wie fünfzig. Als er jetzt den breiten Korridor entlangeilte, strahlte er die Vitalität und Energie eines jungen Mannes aus, der das Leben noch vor sich hat.

Henry Cooper, der Angestellte des Thoroughbred Racing Protective Bureau, der Killigan angerufen hatte, saß an dem ultramodernen Schreibtisch im Vorzimmer. Er stand auf, als Killigan eintrat.

»Cooper?«

»Ja.«

»Kommen Sie, gehen wir in mein Büro.«

Killigan führte den anderen in sein Allerheiligstes und deutete auf einen massigen, velourbezogenen Sessel. Während Cooper sich setzte, ging Killigan um seinen riesigen

Schreibtisch herum und ließ sich in einem schwarzen, hochlehnigen Ledersessel nieder.

»Also«, sagte er, »was gibt es?«

Cooper nahm einen Zehn-Dollar-Wettschein aus seiner Hemdtasche. Cooper war jung, Ende Zwanzig, einsachtzig groß, stämmig, mit welligem braunen Haar und dunklen Augen. Er beugte sich in seinem Sessel vor und legte den Wettschein auf den Schreibtisch.

»Viertes Rennen. Pferd Nummer sechs auf Sieg. Gut gemacht.«

Nachdem Killigan das Papier fast eine volle Minute lang aufmerksam betrachtet hatte, sagte er: »Sie wollen doch nicht behaupten, daß der ganze Schein eine Fälschung ist?«

»Nein.«

»Ich kann aber nicht erkennen, wo etwas geändert worden ist.«

»Es handelt sich eindeutig um einen unserer Zehn-Dollar-Wettscheine«, erklärte Cooper. »Aber die Nummer des Pferds ist geändert worden.«

Killigan beugte sich nochmals über den Schein.

»Also, ich sehe nichts.«

Cooper zog einen anderen Wettschein heraus.

»Das ist ein echter. Bitte vergleichen Sie.«

Killigan legte die Scheine nebeneinander und musterte sie.

»Aha«, murmelte er, »der Bauch der Sechs ist zu groß. Nicht viel zu groß, aber ein wenig. Es kaufte also jemand einen Zehn-Dollar-Wettschein, wartete ab, welches Pferd gewann, marschierte dann in die Toilette und radierte in einer der Kabinen vorsichtig die richtige Zahl aus, um die Sechs einzusetzen. Ja, aber die Fälschung ist ja fast perfekt. Wollen Sie mir etwa erzählen, daß einer unserer Schalterangestellten das Ding als Fälschung erkannt hat?«

Cooper lächelte dünn. »Das wäre zu einfach.«

»Dachte ich mir doch. Also, erzählen Sie.«

Cooper rutschte zum Rand seines Sessels vor.

»Fälscher mischen sich im allgemeinen unter das Volk auf der Tribüne, weil sie da nicht so leicht auffallen. Dieser hier wollte aber seinen Schein an einem der Schalter im Restaurant einlösen. Ungefähr zwanzig Minuten, nachdem die Ergebnisse vom vierten Rennen heraus waren, erschien eine alte Frau bei Jim Otley, einem der Kassiere auf der Westseite. Sie wissen ja sicher, wie diese Fälscher arbeiten?«

Killigan nickte. »Sobald sie den Wettschein geändert haben, suchen sie sich eine nette alte Frau oder ein anderes annehmbares Opfer. Sie machen ihr weis, sie wären auf der Rennbahn angestellt und dürften deshalb nicht wetten. Nun hätten sie aber doch gewettet und einen Sieger getippt. Sie könnten den Schein aber nicht einlösen, wenn sie nicht ihre Stellung verlieren wollten. Ob die nette alte Dame ihnen nicht das Geld abholen könnte.«

»Genau«, bestätigte Cooper. »Aber diesmal hatte sich der Fälscher die falsche alte Dame herausgesucht. Sie erklärte, sie würde ihm gern helfen. Sie nahm den Schein, ging zum Zehn-Dollar-Schalter und verlangte den Geschäftsführer.«

Killigan fuhr hoch. »Was?«

»Otley fragte sie, was es gäbe. Sie entpuppte sich als wahre Xanthippe. Es wäre eine Unverschämtheit, schimpfte sie, daß Angestellte der Rennbahn es wagten, Wetten zu placieren. Sie hätten schließlich aufgrund ihrer ›Insider-Informationen‹ einen Riesenvorteil vor den anderen Wettern. Ihr Gesicht war rot vor Wut. Anstatt Sie zu rufen, schaltete Otley das rote Licht über seinem Fenster ein. Und da ich heute im Restaurant Dienst hatte, war ich da, noch ehe die reizende alte Dame mit ihrer Tirade am Ende war. Als ich kapiert hatte, worum es ging, bat ich sie, mir den Mann zu zeigen, der ihr den Schein gegeben hatte.«

»Und er war weg.«

»Spurlos verschwunden.«

»Beschreibung?«

Cooper schnitt eine Grimasse. »Mittleren Alters, weder groß noch klein, weder dick noch dünn. Dunkles Haar, wahrscheinlich braun, vielleicht schwarz, vielleicht aber auch dunkelblond. Dunkelbraune Augen, oder zumindest dunkle Augen, vielleicht dunkelblaue Augen. Keine besondere Stimme, kein besonderer Anzug, kein besonderes Hemd.«

Jack Killigan nahm den Wettschein und sagte: »Wenn er es im vierten Rennen versucht hat, dann hat er auch in den drei ersten Rennen Scheine gefälscht. Und vielleicht ist er immer noch am Werk.«

»Und vielleicht handelt es sich nicht nur um einen Schein pro Rennen«, meinte Cooper. »Es können auch zwei sein. Oder fünf, oder sogar zehn.«

»Hören Sie auf«, rief Killigan. »Wie hoch war die Quote für das hier?« Er wedelte mit dem gefälschten Wettschein.

»Die Wetten standen zehn zu eins auf Nummer sechs«, erwiderte Cooper. »Es waren also mindestens hundert Dollar.«

»Und er kann uns zehn falsche Scheine allein für dieses Rennen untergejubelt haben?« Killigan stand auf und trat zu der kleinen Bar, die im Bücherschrank untergebracht war. »Möchten Sie etwas trinken?«

»Nein, danke«, antwortete Cooper.

Killigan ließ Eiswürfel in ein Glas fallen und goß Bourbon darüber.

»Weiß Fletcher Bescheid?« fragte er.

Oscar Fletcher war der Chef der TRPB-Einheit in Century Oaks. Er war siebenundfünfzig, dick, häßlich, ungepflegt – aber so geschickt wie ein guter Zauberkünstler und so tüchtig wie ein Computer.

»Er weiß Bescheid, ja.«

Killigan wanderte auf und ab, während er von seinem Whisky trank.

»Es ist kaum wahrscheinlich, daß der Fälscher uns in Zukunft verschonen wird?«

»Kaum«, erwiderte Cooper. Er hockte immer noch reglos auf dem Sesselrand. Nur seine Augen folgten den Wanderungen Killigans. »Wir haben schließlich nach Kräften die Werbetrommel für die Lotteriewoche gerührt. Alle Welt weiß, daß wir einen Riesenzulauf haben werden. Und je größer das Publikum, desto besser für einen Fälscher dieser Sorte. Der bleibt uns bestimmt die ganze Woche. Und für den Samstag hat er sich bestimmt viel vorgenommen.«

»Wir müssen ihn eben fassen.«

»Das können wir.«

»Was wollen Sie unternehmen?«

»Einfach ist es nicht«, erklärte Cooper. »Wir haben alle unsere Leute alarmiert. Heute abend, nach den Rennen, haben wir eine Besprechung mit den Melkins-Peterson-Wächtern angesetzt. Wir werden ihnen genau erklären, worauf sie achten müssen. Das Toilettenpersonal wird auf jeden achten, der mit einer Aktentasche oder einer übermäßig großen Handtasche eine der Kabinen betritt; so eine Fälschungsausrüstung nimmt ziemlich viel Platz ein. Ansonsten ... nun, wir müssen warten, bis dieser Bursche einen Fehler macht.«

»Prachtvoll!«

Cooper stand auf. »Er macht bestimmt einen. Das ist immer so.«

Als Killigan den letzten Schluck Bourbon hinuntergespült hatte, stellte er sein Glas weg und streckte die rechte Hand aus. Henry Cooper schüttelte sie.

»Das sollte keine Kritik sein«, sagte Killigan. »Sie machen mir den Eindruck eines tüchtigen und geistesgegenwärtigen Mannes. Es ist mir eine Beruhigung zu wissen, daß Sie die Sache in die Hand genommen haben.«

Schwache Röte färbte Coopers Wangen.

»Danke, Sir.«

Als Killigan allein war, nahm er sein Glas und trat an die Bar. Er schüttete die alten Eiswürfel aus, gab zwei neue hinein und goß zwei Fingerbreit Bourbon darüber.

Er trank zuviel an diesem Tag. Er trank schon seit mehreren Tagen zuviel, seit Rita Janifer aus Kalifornien heimgekommen war. Er vertrug den Alkohol allerdings auch. Er vertrug sogar allerhand. Kein Mensch merkte je, wenn er betrunken war. Selbst wenn er eine halbe Flasche hinter der Binde hatte, konnte er noch gerade gehen und sprechen, ohne zu lallen. Er bekam weder glasige Augen, noch ein rotes Gesicht. Er gehörte zu jenen Trinkern, die mit jedem Glas vorsichtiger wurden, achtsam bis zum äußersten, die keinen Augenblick vergaßen, daß der kleinste Ausrutscher ins torkelnde, lallende Unglück führte. Und deshalb wirkte er, wenn er betrunken war, nüchterner denn je.

Aber der Bourbon hatte Hialeah gekostet, Jack.

Während der letzten Tage hatte er sich oft diese schmerzliche Wahrheit ins Gedächtnis gerufen. Jedesmal, wenn er sich darüber klarwurde, daß er zuviel trank und zu weit ging mit seinen Rechtfertigungsbemühungen, hatte er daran gedacht, wie der verdammte Bourbon ihn seinen Geschäftsführerposten bei der Rennbahn Hialeah gekostet hatte. Und dann die Stellung in Belmont. Dann Santa Anita. Und Hollywood Park. Und jetzt war seine letzte Chance gekommen, und er durfte nicht zulassen, daß der Bourbon ihn ein fünftesmal ruinierte. Man hatte ihm mit Century Oaks einen schlecht geführten, mit Verlusten arbeitenden Betrieb anvertraut und ihm Blankovollmacht gegeben, und jetzt wartete man darauf, was er daraus machen würde. Wenn er die Rennbahn wieder auf die Beine brachte, konnte er wieder aufsteigen. Vielleicht bis Hialeah. Wenn er diese letzte Chance vertat, würde er nie wieder im Rennbetrieb arbeiten.

Er schwenkte den Whisky im Glas. Die Eiswürfel klirrten.

Er war niemals entlassen worden, weil er trank. Niemand in der Branche wußte, daß er trank. Man wußte nur, daß es an irgendeinem Punkt im Lauf seiner Dienstzeit als Geschäftsführer mit einer Rennbahn bergab zu gehen pflegte. Eine Zeitlang konnte er Großartiges leisten und dann – fielen die Besucherzahlen. Er traf die falschen Entscheidungen. Seine Werbung ging daneben. Die Qualität der Pferde sank mit dem Sinken der Preisgelder. Über dem ganzen Betrieb hing ein Hauch von Schäbigkeit und Vernachlässigung. Und dann wurde er entlassen, um frischem Blut Platz zu machen.

Ob es die anderen wußten oder nicht, er wußte es dafür, es war der Bourbon.

»Von wegen!« sagte er laut zu dem Whiskyglas in seiner Hand. »Es ist nicht der Bourbon. Rita ist es. Immer war es Rita, von Hialeah an. Sie ist –«

Das Haustelefon auf seinem Schreibtisch summte diskret.

Er fuhr zusammen. Lieber Gott, Killigan, dachte er erschreckt, du mußt ja in schöner Verfassung sein, wenn du schon Selbstgespräche hältst.

Das Telefon summte wieder.

Er spülte den Rest Bourbon hinunter und griff nach dem Hörer.

»Killigan.«

Die Stimme am anderen Ende war rauh.

»Jack, hier ist Mickey.« Mickey Ginchey war das Faktotum von Century Oaks. »Ich hab' hier ein Riesenproblem, Jack.«

»Was ist denn los, Mickey?« Killigan ließ sich in seinen Sessel fallen.

»Sie wissen doch von unserem Vertrag mit Agroco.«

»Natürlich«, erwiderte Killigan, »die holen unseren Stallmist ab.«

»Ja«, antwortete Mickey, »nur haben sie ihn am Freitag leider nicht abgeholt. Und als sie heute auch nicht kamen, hab' ich den Geschäftsführer angerufen, einen gewissen Simpson. Ich wollte mit ihm vereinbaren, daß er am Montag zusätzliche Wagen schickt. Ich hab' ihn zu Haus' erreicht. Er war ziemlich verärgert über die Störung. Aber schließlich hat er sich immerhin dazu herbeigelassen, mir zu sagen, daß seine Leute streiken.«

»Oh, Gott!«

»Wenn uns nicht schnellstens was einfällt, steck' ich bald bis zum Hals in Pferdemist«, erklärte Mickey.

In den Stallungen von Century Oaks standen fast achtzehnhundert Pferde. Am Ende jedes Tages, wenn die Knechte ausgemistet und Stroh und Mist zu den Abholstellen vor jedem Stallgebäude befördert hatten, kam ein Misthaufen von vierzig bis fünfundvierzig Tonnen zusammen. Agroco sollte vertragsgemäß montags, mittwochs und freitags abholen. Wenn die Wagen am Freitag nicht gekommen waren und auch an diesem Tag nicht anfahren würden, dann würde sich der Komposthaufen bis zum nächsten Tag auf ein Gewicht von 175 Tonnen belaufen.

»Mickey«, sagte Killigan, »meine Sekretärin ist nicht da. Ich muß die Sache also selbst in die Hand nehmen. Aber ich verspreche Ihnen, daß morgen jemand kommt.«

»Hoffentlich«, versetzte Mickey. »Das Zeug stinkt nämlich schon zum Himmel.«

Killigan legte auf und goß sich noch einen schnellen Schluck Bourbon ein. Nur zur Aufmunterung.

Plötzlich fühlte er sich wieder voller Vitalität und Energie. Hialeah, Belmont, Santa Anita, Hollywood Park und Rita Janifer waren vergessen. Seine ganze Aufmerksamkeit konzentrierte sich auf Century Oaks. Immer waren es Herausforderungen gewesen, die ihn zu Höchstleistungen angespornt hatten, und er ahnte, daß die kommende Woche bis zum großen Tag der Ziehung die größte Herausforderung war, der er jemals ins Auge gesehen hatte.

3

Annie Sherreds Farm, wo Garrison wohnte, lag westlich von Dillsburg, fünfundvierzig Fahrminuten von der Century Oaks Rennbahn entfernt. Das hundert Morgen große Grundstück bestand aus weiten Feldern, die seit fast einem Jahrzehnt nicht mehr bearbeitet worden waren, und etwa siebzig Morgen dichten Waldes. Die große Scheune, rot mit weiß abgesetzt, diente jetzt als Garage. Die Schuppen und Stallungen waren alle weiß gestrichen, genau wie das große Wohnhaus.

Seit fast einer Stunde saß Edgar Garrison jetzt schon im Schaukelstuhl auf der Veranda und ließ sich von der frischen Mailuft umfächeln. Auf einem kleinen Tisch neben ihm stand eine Dose Bier, und auf seinem Schoß lag eine ungelesene Ausgabe der ›Time‹. Still schaukelte er vor und zurück und blickte hinüber zur Landstraße und zur langen Auffahrt, die am Haus vorbei zur Scheune führte.

Unaufhörlich dachte er an den Überfall. Der Plan war wie eine unfertige Skulptur, die er, wie ein Bildhauer, von allen Seiten betrachtete und prüfte. Er prüfte sie auf Fehler im Entwurf und ließ sich die Probleme der Form durch den Kopf gehen, die noch nicht gelöst waren. Und während er da saß und nachdachte, schlich sich immer wieder eine Erinnerung in seine Gedanken ein, eine Erinnerung, die sich an ihn heranpirschte, ohne daß er es merkte, um ihn dann plötzlich mit einem Totenkopfgrinsen anzuspringen.

Er war damals Reitknecht gewesen, hatte für den Trainer Sudsy McKay in Aqueduct gearbeitet. Sudsy hatte ihm am Freitagmorgen seinen Lohn gegeben, ein dünnes Bündel Scheine, das mit einer Büroklammer an einen Umschlag mit seinem Namen geheftet war. Als er am Nachmittag etwas Freizeit gehabt hatte, war er mit seinem klapprigen, alten Wagen zur Bank gefahren. Es war damals seine Gewohnheit gewesen, jede Woche fünf Dollar auf sein Sparkonto zu legen, ganz gleich, wie gering sein Lohn war. Er stand an einem Schalterfenster, als vier Männer die Bank betraten. Sie trugen alle Schweinslederhandschuhe und dunkle Anzüge und Masken. Zwei waren mit Maschinenpistolen bewaffnet.

Innerhalb von drei Minuten hatten sie die Schubladen der Schalterangestellten geleert und alles Bargeld aus dem Tresor geholt. Einer von ihnen hatte Garrison sogar seine Lohntüte aus der Hand gerissen. Dann waren sie durch die große Halle rückwärts zur Tür gegangen, vorsichtig und eilig. Einer von ihnen hatte die Tür schon erreicht und wartete auf die anderen, während der größte von ihnen beschwichtigend auf die Angestellten und die Kunden einredete. Professionelle, echte Professionelle, die genau nach Plan arbeiteten. Jetzt waren sie an der Tür. Zwei drehten sich um, während die anderen zwei noch die Leute in der Bank im Auge behielten. Dann hasteten sie durch die Tür, drehten sich ebenfalls um, dann die Schüsse – oh, Gott, das Krachen der Schüsse. Es klang wie das Krachen eines Sommergewitters. Die hohen Glastüren flogen auf, während die Kugeln aus den Polizeiwaffen draußen pfeifend von den Granitstufen abprallten. Edgar Garrison warf sich zu Boden, versuchte, den Kopf mit den Armen zu schützen. Leute schrien. Jemand weinte laut. Millionen Glasscherben rutschten klirrend über den Marmorboden. Dann Stille, so tief und ungebrochen wie die Stille unter dem Meer. Drei, vier Minuten blieb Edgar zitternd auf dem Boden liegen, wartete auf den tödlichen Schuß. Als er schließlich aufblickte, wimmelte es in der Bank von uniformierten Polizeibeamten. Sie stellten ihm einige Fragen, dann konnte er gehen. Als er durch das zertrümmerte Portal trat, kamen gerade die Krankenwagen – langsam, ohne Sirenengeheul. Vier Tote lagen auf den Stufen. Blutüberströmt. Er schlug einen Bogen um sie und ließ sie hinter sich. Fünf Meter weiter fand er seine Lohntüte, dort, wo der Wind sie hingetragen hatte. Der weiße Umschlag war blutverschmiert, doch die Scheine hingen noch daran. Und jetzt, Jahre später, wo er auf Annie Sherreds Veranda saß und an Century Oaks dachte, sah er ständig das verdammte Kuvert vor sich, die grünen, blutbefleckten Geldscheine ...

Von der Landstraße kam das Brummen eines Motors. Wenige Sekunden später bog ein alter, schwarzer Corvett in die Auffahrt ein und rollte zum Haus hin. Der Kies knirschte unter den Reifen. Als Annie auf dem Weg zur Scheune vorüberfuhr, lächelte sie ihm zu und winkte.

Eine Minute später kam sie auf die Veranda. Sie trug noch den beigefarbenen Hosenanzug und den tomatenroten Schal. Sie setzte sich in den Schaukelstuhl ihm gegenüber.

»Warum so spät?« fragte er. »Ist etwas schiefgegangen?«

Sie schüttelte den Kopf. Ihr langes, kastanienbraunes Haar tanzte wie eine Flamme hinter beschlagenem Glas.

»Schiefgegangen kann man nicht sagen. Aber es hätte passieren können.«

»Der falsche Presseausweis hat aber doch gewirkt?«

»Den brauchte ich gar nicht vorzuzeigen. Ich bin einfach in den vierten Stock hinaufgegangen und direkt in das Büro. Hast du das gestreifte Tuch gesehen, mit dem ich gewinkt habe?«

»Das brauchst du am Samstag nicht«, sagte er. »Ich konnte dich ganz klar erkennen.«

»Aus der Entfernung?«

»Der beste Feldstecher der Welt.«

»Großartig.«

»Du brauchst am Samstag nur etwas grell Gelbes oder Rotes zu tragen.«

»Okay.«

»Jetzt erzähl' mal.«

»Also, ich stand da und winkte zwei, drei Minuten. Dann

wartete ich eine Weile und dann winkte ich nochmal für den Fall, daß du dich verspätet hättest. Als ich gehen wollte, kam der Werbemann von Century Oaks herauf. Sein Büro liegt direkt neben dem, in dem ich mich versteckt hatte.«

»Aber er hat dich nicht gesehen.«

»Wenn er mich gesehen hätte, wäre ich jetzt wahrscheinlich im Gefängnis.«

»Hm.«

Sie rückte ihren Stuhl näher an den seinen heran, setzte sich wieder, hob die Beine und legte ihre Füße auf seine Knie.

»Dann ging der verflixte Werbemann endlich. Ich wartete fünf Minuten für den Fall, daß er was vergessen haben sollte. Gerade als ich verschwinden wollte, kam wieder jemand durch den Korridor und ging in das Büro des Geschäftsführers auf der anderen Seite von mir.«

»Das war ja die reinste Prozession.«

»Kann man wohl sagen. Ich wartete, daß der Kerl endlich wieder gehen würde, aber er ging nicht. Statt dessen kam noch einer und marschierte ebenfalls in das Büro des Geschäftsführers. Die beiden waren ungefähr zwanzig Minuten drin. Ich hab' dann noch zehn Minuten gewartet, ehe ich mich aus dem Staub machte. Und hier bin ich endlich.«

»Ich hab' mir schon Sorgen gemacht«, sagte er.

»Ganz umsonst.«

»Du scheinst längst nicht so nervös zu sein wie ich.«

»Frauen haben bessere Nerven«, versetzte sie.

»Das scheint mir auch so.«

Allein ihr Anblick übte eine beruhigende Wirkung auf ihn aus. Annie Sherred war schlank und gut gebaut und hatte eine Woche zuvor ihren einunddreißigsten Geburtstag gefeiert. Doch sogar ohne Make-up sah sie höchstens wie Mitte Zwanzig aus. Sie war nicht schön im landläufigen Sinn. Sie sah weder wie ein Mannequin noch wie ein Filmstar aus.

Dazu hatte sie zu viele Sommersprossen. Ihr Mund war zu groß, ihre Nase ein wenig zu lang für das klassische Schönheitsideal. Und ihre Augen – unglaubliche Augen. Sie waren übergroß und rund mit schmalen Lidern, die ihre leuchtend blaue Schönheit nicht verbargen. Es waren die großen, wissensdurstigen Augen eines Kindes.

»Ich mache mir zuviel Sorgen«, sagte Garrison.

»Das führt nur zu Herzinfarkten.«

»Vielleicht geht ja alles gut.«

»Von vielleicht kann keine Rede sein«, erklärte sie ernst und sah ihn aus großen, ruhigen Augen an. »Edgar, der Plan ist absolut –«

Ein grauer Cadillac bog in die Auffahrt ein.

»Das muß Willie sein«, bemerkte Garrison. Er hob ihre Füße von seinen Knien und stand auf.

Annie stand ebenfalls auf und trat neben ihn ans Geländer der Veranda. Sie legte einen Arm um seine Mitte. Der Cadillac hielt vor der Veranda an. Mit leisem Summen senkte sich das Fenster. Willie Denver grinste zu ihnen hinauf.

»Stellen Sie ihn lieber in die Scheune«, sagte Garrison.

»Immer diskret«, meinte Willie.

»Genau.«

»In Ordnung.« Willie fuhr wieder an.

Sie gingen ins Haus, durchquerten Wohnzimmer und Küche und erwarteten Willie und seinen Begleiter an der Hintertür.

»Willie Denver findet Sie wie immer wunderschön«, erklärte Willie und gab Annie einen Kuß auf die Wange.

»Ich finde, Sie sehen auch ganz passabel aus«, versetzte Annie.

Willie Jacob Denver war ein gutaussehender, kleiner Mann, klein wie ein Jockey. Er war einssechzig groß und wog fünfzig Kilo. Auf den ersten Blick, dachte Garrison, erhielt man von Willie den gleichen Eindruck wie von den meisten Jockeys – den schmächtiger Zerbrechlichkeit. Besah man sich den Mann jedoch näher, so gewahrte man an Willie die gleichen Attribute wie an einem Berufsjockey: kleine, aber gestählte Muskeln, verborgene Kraft, Mut und Ausdauer. Sein gebräuntes Gesicht war von tiefen Lachfalten durchzogen, dennoch sah man ihm sein Alter von vierundfünfzig Jahren nicht an. Er hatte welliges, schwarzes Haar, blitzende dunkle Augen und schneeweiße Zähne.

Willie ließ Annie los, drehte sich hastig um und klopfte dem Mann, der mit ihm aus New York gekommen war, auf die Schulter.

»Das ist Lou Velinski. Sag' schön guten Tag, Lou – Annie Sherred – Edgar Garrison.«

Steif schüttelten sie einander die Hände.

»Lou ist ein alter Freund«, erläuterte Willie. »Willie Denver kennt ihn seit zwanzig Jahren. Er gehört zu uns.«

Velinski hatte rein äußerlich mit Willie so wenig gemeinsam wie ein Büffel mit einem Floh. Er war fast einsachtzig groß und wog gut und gern seine hundertvierzig Kilo. Die schmelzenden braunen Augen lagen tief in dem schwammigen Gesicht eingebettet. Die Nase war so dick und weiß wie eine Blumenknolle. Er hatte Hängebacken wie Alfred Hitchcock, einen dicken Hals, hängende, runde Schultern und einen riesigen Schmerbauch. Während Willie quicklebendig, voller Energie, beinahe hektisch war, zeichnete Velinski sich durch Bedächtigkeit und stoische Ruhe aus. Während Willie in seinem blauen Sommeranzug mit blaßrosa Hemd und dunkelblauer Krawatte adrett und gepflegt wirkte, sah Velinski aus, als hätte er in seinem billigen Anzug geschlafen. Der Dicke hätte vielleicht unscheinbar, ja sogar eine Spur abstoßend gewirkt, wäre nicht sein Lächeln gewesen. Er besaß das anziehendste, aufrichtigste Lächeln, das Edgar je gesehen hatte.

»Ich habe Bier, Scotch oder Gin und Tonic da«, sagte Annie.

»Gin und Tonic«, meldete sich Willie.

»Für mich einen Scotch«, sagte Velinski. Als alle ihre Drinks hatten, meinte Garrison: »Gehen wir ins Wohnzimmer. Da ist es gemütlicher.«

Annie ging voraus. Garrison, der Velinski folgte, stellte mit Überraschung fest, daß der Dicke trotz seiner ungeheuren Dimensionen beinahe zu schweben schien. Seine Bewegungen waren von einer leichtfüßigen Anmut.

»Was für ein schönes Zimmer«, bemerkte Velinski, als er sich behutsam im größten Sessel niederließ.

»Ich gehe zu Versteigerungen«, erklärte Annie. »Ab und zu erwische ich etwas Besonderes.«

»Wie diesen viktorianischen Spiegel«, meinte Velinski bewundernd. »Wissen Sie, woran mich diese samtgepolsterten Sessel, der Lehnstuhl, in dem ich sitze, das schöne Sofa und die dunkle Tapete erinnern – an ›The Wizard of Oz‹.«

Annie sah ihn verdutzt an.

»Ich meine den Film«, erläuterte Velinski. »Erinnern Sie sich? Das Farmhaus am Anfang, wo Dorothy wohnt.«

»Lou ist ein Kinofan«, erklärte Willie und rührte energisch in seinem Drink.

»Tatsächlich?« fragte Annie.

»Meine einzige Schwäche.«

»Der betrunkene Arzt in ›Stagecoach‹«, sagte sie.

»Erste Version? Thomas Mitchell.«

»Der Sheriff?«

»George Bancroft.«

»›Hallelujah‹. Wer war der Regisseur?«

»King Vidor.«

»Wer hat den Vamp gespielt?«

»Nina Mae McKinney.«

»Bravo!« sagte Annie lachend und lehnte sich an Garrison.

Sie saßen beide auf dem Sofa, Willie und Velinski gegenüber. »Sie kennen sich im Film wirklich aus.«

»Sie sind auch nicht schlecht«, versetzte Velinski.

»Ihr seid beide plemplem«, stellte Willie fest, doch er grinste.

Velinski probierte seinen Scotch.

»Ich könnte stundenlang so weitermachen. Aber schließlich ist das hier eine geschäftliche Besprechung.« Er wandte sich Garrison zu. »Warum wollen Sie eine Rennbahn überfallen?«

Der plötzliche kalte, sachliche Ton überraschte Garrison. »Warum?«

»Sie müssen doch einen Grund haben.«

»Geld.«

»Nicht gut genug.«

»Für Willie schon«, bemerkte Willie.

»Geld kann man sich auf einfachere Art beschaffen«, meinte Velinski. »Eine Bank auszurauben ist leichter, als eine Rennbahn zu überfallen. Folglich steckt mehr dahinter als Geld.« Seine tief in Fettpolstern eingebetteten Augen musterten Garrison, als wäre er ein aufgespiester Schmetterling. »Warum wollen Sie gerade eine Rennbahn überfallen?«

»Weil sie da ist.«

Velinski starrte ihn nur wortlos an.

»Okay«, sagte Garrison, »es steckt mehr dahinter.«

»Hab' ich mir doch gleich gedacht.«

Garrison trank einen großen Schluck Bier.

»Ich habe mein Leben lang mit Pferden gearbeitet. Das war immer schon meine Leidenschaft. Ich habe klein angefangen, als Stallbursche und mich rasch hochgearbeitet. Schließlich hab' ich meine Prüfung als Trainer gemacht. Dann hab' ich meinen eigenen Stall aufgebaut. Zum Schluß hatte ich über achtzig Pferde zu betreuen. Meine Frau – meine Frau hat genau so klein angefangen wie ich und sich genau so hochgearbeitet. Und das zu einer Zeit, als Frauen es noch verdammt schwer hatten in dem Geschäft. Sie war eine gute Trainerin. Wir heirateten. Wir fingen an, selbst Pferde zu kaufen. Dann kam ein Brand. Alle unsere eigenen Pferde gingen dabei drauf und die meisten von denen, die wir betreuten . . .«

Annie umschloß fest seine Hand.

»Das Motiv ist mir immer noch nicht klar«, bemerkte Velinski.

»Wir hatten Schulden gemacht, um die Pferde kaufen zu können«, fuhr Garrison fort. »Die Pferde verloren wir, aber die Schulden blieben. Die Banken wurden ekelhaft. Einige Leute, deren Pferde wir betreut hatten, vertrauten uns neue Pferde an. Aber die Leute in dieser Branche sind abergläubisch. Viele wollten uns keine neuen Pferde geben – so als wären wir verhext. Trotzdem machten wir weiter. Nach einer Weile kauften wir sogar ein eigenes Pferd. Dann noch eines. Wir bauten unseren Stall ganz von vorn auf. Wir kamen langsam wieder auf die Beine, als eines unserer Pferde bei einem Rennen mit solchem Abstand verlor, daß die Rennleitung gar nicht anders konnte als eine Urinprobe anzuordnen. Das Tier war vollgepumpt mit Beruhigungsmitteln. Helen und ich wußten nichts davon. Wir hatten auf einen Sieg unseres Pferdes gehofft. Jemand hatte ihm das Zeug gespritzt. Aber es spielte keine Rolle, ob wir etwas wußten oder nicht. Wir waren in die Sache verwickelt. Man setzte uns auf Bewährung. Dann passierte es wieder. Eines unserer Pferde war gedopt und siegte. Die Vorschriften in der Rennbranche sind streng. Zwei der bekanntesten Eigentümer, zwei schwerreiche Männer, die Helen und mich nicht leiden konnten, sorgten dafür, daß uns für ein ganzes Jahr unsere Trainerlizenz genommen wurde. Wir durften nicht einmal auf eine Rennbahn. Wir mußten unsere Pferde verkaufen. Es war schlimm.«

»Klingt auch schlimm«, bemerkte Willie.

Velinski wartete.

»Als das Jahr um war«, fuhr Garrison fort, »kamen wir zurück, bis zum Hals in Schulden. Wir fingen als Trainer und Trainerassistent an. Aber die guten Pferde bekamen wir nicht. Wir mußten die mittelmäßigen nehmen und die jungen, die sich erst noch beweisen mußten. Um überhaupt den Kopf über Wasser halten zu können, mußten wir mehr Pferde annehmen, als wir eigentlich betreuen konnten. Wir schufteten Tag und Nacht. Zuviel Arbeit, zu große Sorgen, nicht genug Schlaf. Helen – sie bekam Lungenentzündung. Sie starb.«

Die Standuhr in der Ecke tickte leise.

»Rache?« fragte Velinski.

Edgar kehrte aus der Vergangenheit zurück und richtete den Blick auf den Dicken.

»Ja«, sagte er. »Und Geld.«

»Das ist eine gute Kombination«, stellte Velinski fest. »Geldgier allein reicht nie.« Er trank einen Schluck Whisky. »Jetzt habe ich ein paar Fragen.«

»Bitte.«

»Arbeiten Sie noch als Trainer?«

»Nein. Ich hab' vor zwei Wochen aufgehört, als ich ernstlich über diesen Plan nachzudenken begann.«

»Sie haben in Century Oaks gearbeitet?«

»Ja, die letzten zwei Jahre.«

»Sie kennen die Örtlichkeiten gut?«

»So gut wie ich Pferde kenne.«

»Und wie gut ist das?«

»Ich war ein guter Trainer.«

Der Dicke nickte. »Woher kennen Sie Willie?« fragte er dann.

»Hat Willie Ihnen das nicht erzählt?«

»Ich möchte es von Ihnen hören.«

»Ich habe ihn durch Annie kennengelernt«, sagte Garrison.

Velinski richtete seine Aufmerksamkeit auf die Frau.

»Und wie sind Sie jemals mit einem unehrenhaften Menschen wie Willie in Kontakt gekommen?«

»He!« rief Willie.

»Nur Spaß«, sagte Lou Velinski und streckte den Arm aus, um dem Kleinen auf die Schulter zu klopfen.

»Ich war Kellnerin«, antwortete Annie.

»Wo?«

»In Harrisburg.«

»Und Willie war Stammgast bei Ihnen?«

Annie lächelte. »Er kam jeden Tag. Das Essen war gut und preiswert.«

»Und Willie Denver hatte sich in sie verknallt«, steuerte Willie vergnügt bei. »Aber es ist nichts dabei rausgekommen. Der Altersunterschied. Willie Denver ist zu jung für sie.« Er lächelte und zwinkerte Annie zu.

»Und so aus einer Laune heraus erzählten Sie Willie von dem Plan, die Rennbahn zu überfallen?« fragte Velinski.

Der ist ja erbarmungslos, dachte Garrison. Was ist los mit diesem Burschen? Weshalb bohrt er so?

»Nicht aus einer Laune heraus«, entgegnete Annie ruhig. »Ich wußte, daß Willie vielleicht Interesse daran haben würde.«

»Woher wußten Sie das?«

»Nun, er saß doch wegen bewaffneten Raubüberfalls im Zuchthaus«, antwortete sie.

»Und woher wissen Sie das wieder?«

»Das hat er mir selbst erzählt.«

Willie Denver stand auf und kippte den Rest seines Gin-Tonic hinunter.

»Natürlich hat Willie Denver es ihr erzählt. Deswegen braucht man sich doch nicht zu schämen. Man kann ein großer Dieb sein – und das ist nicht weniger als ein großer Anwalt oder ein großer Arzt zu sein. Wenn man einmal stolpert – okay, zweimal stolpert – ist das noch kein Grund, beschämt den Kopf hängen zu lassen.«

Lou Velinski seufzte tief und fuhr sich mit schwammiger Hand über das schwammige Gesicht.

»Annie, hat er Ihnen nicht gesagt, daß er im Ruhestand ist? Wenn er noch einmal stolpert, werfen sie den Schlüssel weg.«

»Doch, das hat er mit gesagt«, erwiderte sie. »Aber ich hatte das Gefühl, daß er trotzdem nach einer Chance suchte. Nach einer todsicheren Sache.«

»Sie haben ihn richtig erkannt«, stellte Velinski fest.

»Willie Denver holt sich noch einen Gin mit Tonic«, verkündete Willie. »Okay, Annie?«

»Natürlich, Willie.«

»Edgars Motive sind einfach«, bemerkte Velinski, »Rache und Geld. Aber warum machen Sie mit, Annie?«

»Ich sehe nicht ein, weshalb sie Ihnen Rechenschaft ablegen soll«, fuhr Garrison ärgerlich dazwischen. »Glauben Sie mir, sie hat gute Gründe. Es ist völlig überflüssig, sie ins Verhör –«

»Es macht mir nichts aus«, sagte Annie und drückte Garrisons Hand. »Lou, ich weiß nicht, in was für einer Familie Sie aufgewachsen sind –«

»Nicht in der besten.«

Sie nickte. »Okay. Ich bin dafür in einer Familie aufgewachsen, wie man sie konservativer und konventioneller nicht hätte finden können. Ich wurde in dem Glauben groß, daß es auf der Welt Gerechtigkeit gibt, daß Gott gut ist, und daß man der Regierung immer vertrauen kann. Als ich einundzwanzig war, heiratete ich Joe Sherred. Ich habe ihn so sehr geliebt wie Edgar seine Helen. Wir verlebten drei herrliche Jahre zusammen. Er machte eine Erbschaft, und wir kauften diese Farm. Er war Englischlehrer und hatte als Nebenfach Theaterwissenschaft studiert. Wir wollten aus der Scheune ein kleines Theater machen. Oh, wir hatten große Pläne. Aber dann wurde er eingezogen. Er war Wehrdienstverweigerer aus Gewissensgründen. Aber das ließ die Armee der Vereinigten Staaten nicht gelten. Er wurde nach Vietnam geschickt, und da ist er gefallen.«

Willie kam mit einem frischen Drink aus der Küche und setzte sich wieder.

»Ihr Mann ist gefallen. Ich kann verstehen, daß Sie Rache wollen«, sagte Velinski. »Aber doch gegen den Staat und nicht gegen irgendeine Rennbahn.«

»Ich will Rache an der Autorität«, erklärte Annie. »Die Leute, die beim Pferderennsport die Macht haben, haben Edgar niedergemacht. Sie sind mir als Zielscheibe gut genug.«

Der Dicke leerte sein Glas und stellte es nieder.

»Und das Geld?«

Ihre Augen weiteten sich wie die einer Gazelle, die eben einen Löwen im Gras entdeckt hat.

»Oh, das Geld möchte ich auch haben. Wenn man reich ist, kann keiner einem etwas anhaben. Mit Geld kann man auch Macht kaufen.«

Velinski wandte sich wieder an Garrison und wechselte abrupt das Thema.

»Willie«, sagte er, »hat mir erzählt, daß Century Oaks eines der besten Sicherheitssysteme überhaupt hat. Weshalb haben Sie sich gerade *die* Rennbahn ausgesucht?«

»Weil das Sicherheitssystem kompliziert ist«, antwortete Garrison. »Und je komplizierter die Dinge werden, desto einfacher ist es, Sand ins Getriebe zu bringen. Zum Beispiel – je mehr Daten man in einem Computer speichert, desto mehr Aufgaben kann er lösen und desto rascher kann er sie lösen. Gleichzeitig aber gibt es zehntausend neue Fehlerquellen. Ich weiß, wie man das Sicherheitssystem von Century Oaks überlisten kann.«

Der Dicke nickte. Nur ein Punkt, sagte er, machte ihm noch Sorge. »Edgar ist in Century Oaks bekannt. Wir können ihn verändern. Aber es ist nicht so leicht, eine hübsche Frau zu verändern.«

»Ich war nie auf der Rennbahn«, erklärte Annie. »Ich kenne nicht einen von den Leuten, mit denen Edgar gearbeitet hat.«

Velinski zog die Brauen hoch.

»Ich wollte es so, schon ehe von dieser Sache überhaupt die Rede war«, sagte Edgar. »Ich wollte nicht, daß sie auf die Bahn kam. Helen starb, weil sie mit dem Rennsport so verbunden war, alles was ich durchgemacht habe... Vielleicht bin ich auch abergläubisch.«

»In Ordnung«, meinte der Dicke. Er nahm sein Whiskyglas und beugte sich in seinem Lehnstuhl vor. Sein Bauch wurde nach oben gedrückt, fast bis zu seinem Kinn. »Kann ich noch einen Scotch haben?«

»Aber natürlich.« Annie stand auf und nahm das Glas.

Schlagartig löste sich die Spannung. Velinskis Stimme war nicht mehr hart und sachlich. Seine Augen waren nicht mehr so durchdringend und kalt wie noch einen Moment zuvor. Er war plötzlich so jovial wie ein gutmütiger Weihnachtsmann.

»Ich nehme noch ein Bier«, sagte Edgar.

Willie Denver sprang auf.

»Willie hilft in der Küche Annie.« Er huschte hinter ihr her.

Das Ticken der Standuhr wurde wieder hörbar.

Edgar lehnte sich auf dem Sofa zurück und schlug die Beine übereinander.

»Und was ist Ihr Motiv?« fragte er.

Der Dicke lächelte entwaffnend. »Geld«, sagte er.

»Das genügt mir nicht. *Sie* haben mir auf den Zahn gefühlt, jetzt möchte *ich* ein wenig tiefer schürfen.«

»Verständlich«, meinte Velinski. »Sehen Sie, ich war mein Leben lang dick. Jedenfalls seit meinem neunten oder zehnten Lebensjahr. Man versäumt viel, wenn man sein Leben lang dick ist. Man bleibt immer ein Außenseiter. Keine Spiele, keine Freunde, keine Frauen. Und wenn einem all diese Erlebnisse verwehrt sind, fällt es einem schwer, sich selbst zu definieren. Die meisten Leute, die dick sind wie ich, definieren ihre Persönlichkeit vom Standpunkt ihres Körpergewichts aus: Ich bin ein dicker Mensch. Aber das hat mir nie gereicht. Da es nicht viele Leute gibt, die mich anstellen würden, sind meine Arbeitsmöglichkeiten gering. Ich könnte allenfalls Allerweltsjobs bekommen, von denen keiner dazu beitragen würde, mich zu definieren. Das Verbrechen definiert mich. Wie Willie vorhin sagte, wenn man ein großer Dieb ist, braucht man sich nicht zu schämen.« Er lachte. »Auch wenn Willie zweimal gestolpert ist, er ist ein großer Dieb. Und ich bin noch besser.«

Garrison war überzeugt, daß Velinski nicht einfach prahlte. Der Mann wirkte intelligent und vorsichtig, und diese beiden Eigenschaften stellten eine recht gute Versicherung gegen Unglücksfälle dar.

»Sie haben eine Menge Zeit darauf verwendet, sich selbst zu analysieren, nicht wahr?«

»Jahre.«

»Und Willie?« fragte Garrison.

»Willie was?«

»Was hat er für ein Motiv?«

»Um ihn machen Sie sich mal keine Sorge«, erwiderte Velinski. »Ich kenne ihn gut. Er hat seine Gründe – gute Gründe.«

Garrison ließ sich das einen Moment durch den Kopf gehen.

»Hängt es damit zusammen, daß er niemals ›ich‹ sagt?«

»Ich glaube, ja.«

»Und Sie wollen es mir nicht sagen?«

»Fragen Sie Willie.«

»Sie wissen, daß das unmöglich ist. Er ist ein so sympathischer, kleiner Bursche. Ich brächte es nie fertig, so tief in ihn zu dringen.«

Das Lächeln des Dicken wurde ein wenig traurig, doch er sagte nichts.

»Ich nehme an«, bemerkte Garrison nach einer Weile, »Sie möchten jetzt Einzelheiten über den Plan hören.«

»Nein«, erwiderte Velinski. »Das hat Zeit bis die ganze Bande versammelt ist. Morgen ist früh genug.«

»Sie sind also dabei?«

Velinski nickte. »Ja. Ich möchte stinkreich werden.«

»Und klar definiert.«

»Auch das.«

4

Eine Stunde nach dem letzten Rennen ging Jack Killigan durch den Korridor zur Haupttreppe. Er hätte den Aufzug ins Souterrain hinunter nehmen können, doch er wanderte gern durch das Gebäude, wenn es fast menschenleer war. Er kam sich ein wenig vor wie ein König, der mit stillem Stolz sein Schloß besichtigt – die weiten Hallen und Korridore, die zahllosen Büros, die Wettschalter, die Restaurants und Aufenthaltsräume. Man konnte sich hier schon königlich fühlen – doch man hatte auch die Verantwortung eines Königs zu tragen.

Während der letzten viereinhalb Monate hatte Killigan tagtäglich vierzehn Stunden gearbeitet. Er hatte den Umbau des ›Horsemen's Club‹ überwacht ebenso wie die Renovierung des gesamten Gebäudes. Er hatte den Vertrag mit der alten Werbefirma der Rennbahn gelöst und eine neue Agentur mit modernerer Konzeption gefunden. Er hatte die Versicherungsgesellschaft gewechselt, den Vertrag mit Agroco erneuert, die Konzessionsverträge für die drei Restaurants und zwölf Imbißbars ausgehandelt. Er hatte überflüssiges Personal entlassen und persönlich die Hälfte der Tische im ›Horsemen's Club‹ sowie zweihundert der achthundert Boxenplätze im Restaurant verkauft; er hatte im März einen Disput mit den Arbeitern beigelegt, hatte ohne Honorar bei vierzig verschiedenen Klubs und wohltätigen Vereinen gesprochen und hatte mit dem Aufsichtsrat der Rennbahn um immer neue Mittel gekämpft.

Die Auseinandersetzungen mit dem Aufsichtsrat hatten ihm am meisten zu schaffen gemacht. Drei Jahre lang hatte Century Oaks nur mit Verlusten gearbeitet, und nun hatte Killigan die Direktoren davon überzeugen müssen, daß sie noch mehr Geld in das Kaninchenloch würden fließenlassen müssen, wenn sie jemals den Osterhasen zu Gesicht bekommen wollten. Ihr Zögern war verständlich, da sie bereits Millionen in das Unternehmen gesteckt hatten. Allmählich aber erkannten sie, daß seine Argumente zutreffend waren. Er hatte sich bemüht, ihnen zu helfen, indem er zusätzliches Einkommen aus der Rennbahn herausholte. Im März hatte er das Gelände an einen Veranstalter einer Camping-Ausstellung vermietet. Im April hatte ein Konsortium von Wohltätigkeitsvereinen das Restaurant für ein fünftägiges Volksfest gemietet, das ungeheuer erfolgreich gewesen war. Und nachdem der Aufsichtsrat einmal dem Werbegag der Lotteriewoche zugestimmt hatte, war es Killigan gelungen, das Fernsehen für den letzten Tag der Lotteriewoche zu interessieren. Er hatte einer der großen Gesellschaften die Rechte für 65 000 Dollar verkauft.

Er wußte, daß er sich den Aufsichtsrat vom Hals schaffen

mußte. Während der letzten Monate hatte er vor lauter Besprechungen kaum Zeit gehabt, sich den täglich anfallenden kleinen und großen Problemen auf der Rennbahn zu widmen. Und jetzt, wo die Rennsaison eröffnet war, würden die täglichen Details noch viel mehr Zeit und Mühe beanspruchen als zuvor.

Um zehn nach sechs stieß Killigan eine schwarze Tür auf, die mit roten Lettern beschriftet war – ›Kein öffentlicher Zutritt‹. Sie befand sich am Westende des Gebäudes und von ihr führte eine Treppe ins Souterrain hinunter.

Als er in den breiten Hauptkorridor einbog, schwenkte die Beobachtungskamera, die beweglich an der Decke befestigt war, gerade in seine Richtung. Ihr Auge richtete sich auf ihn und glitt, während er näherkam, über ihn hinweg.

An der Stahltür zum Kassenraum entnahm Killigan seiner Brieftasche eine dünne, weiße Plastikkarte. Er schob sie in einen Schlitz in der Tür. Der Computer prüfte die Karte, gab sie wieder heraus und öffnete ihm die Tür.

Er ging hinein.

Der Kassenraum – ja, das ganze komplizierte System des Geldtransports von und zu den Wettschaltern und allen anderen Geldeingangsstellen der Rennbahn – war in Century Oaks fortschrittlicher eingerichtet als auf jeder anderen Rennbahn im Land. Noch bevor die Architekten mit den Entwürfen für das Hauptgebäude begonnen hatten, war eine große New Yorker Herstellerfirma von Sicherheitsanlagen an die Eigentümer herangetreten und hatte sich erboten, ihre neuesten Geräte zum Selbstkostenpreis zu installieren, vorausgesetzt, die Architekten richteten sich bei ihren Planungen für den Kassenraum nach den Ratschlägen der Firma, und die Rennbahn erklärte sich bereit, in ihrer Werbung ausführlich darauf hinzuweisen, daß Century Oaks mit dem Pro-Teck-System arbeitete. Der Kassenraum befand sich deshalb im Souterrain und nicht im vierten Stock wie die übrigen Büroräume. In dem fast vierzig Quadratmeter großen Raum befand sich ein Fernsehmonitor, auf dem die Wächter den gesamten Korridor überblicken konnten außer der Zone unmittelbar vor der Tür zum Kassenraum. Niemand konnte sich der Tür nähern, ohne von den Wächtern gesehen zu werden. Und niemand konnte den Raum betreten, wenn ihn nicht die Wächter erkannten und einließen oder wenn er nicht eine der wenigen Schlüsselkarten besaß.

Die fünf uniformierten Wächter begrüßten Killigan, als er eintrat. Er steuerte schnurstracks auf den letzten Schreibtisch zu, wo Leroy Franson, der Hauptbuchhalter, die Kontrollbogen prüfte.

»Wie tief sind wir heute in der Kreide, Leroy?«

Der Buchhalter blickte auf und lächelte. Er war ein knochiger Mann mit breitem Gesicht und wäßrigen braunen Augen.

»So schlimm ist es gar nicht, Jack. Schließlich ist heute erst Eröffnungstag. Viele Leute haben sich zurückgehalten, weil sie im Lauf der Lotteriewoche noch öfter herauskommen wollen.«

»Hoffen wir, daß Sie recht haben. Also, wie war der Wettumsatz?«

»Etwas über eineinviertel Millionen.«

»Das geht.«

Franson nickte. Er wußte so gut wie Killigan, daß die Rennbahn mindestens eine Million Umsatz machen mußte, um allen Verpflichtungen nachkommen zu können. Selbstverständlich hatte die Rennbahn auch noch andere Einkommensquellen. Und gerade aus diesen Quellen schöpfte sie meist den Gewinn.

»Eintrittsgelder?« fragte Killigan.

Franson sah auf seine Zahlen nieder.

»Achttausendfünfhundert Restaurant und zwölftausend Tribüne.«

»Parkgebühren?«

»Vierzehnhundertachtzig.«

»Programmverkauf?«

»Ungefähr fünfzehnhundert.«

»Wie war das Geschäft in den Restaurants und an den Ständen?«

»Alle hatten Hunger und Durst«, erwiderte Franson.

Beide Männer wußten, daß diese Zahlen im Moment nicht wichtig waren. Die Rennbahn bekam von den Konzessionären Lizenzgelder, die das finanzielle Bild dieses Tages nicht beeinflußten.

Sie unterhielten sich kurz über den Wettscheinfälscher, dann machte Killigan sich auf den Rückweg zu seinem Büro. Immerhin hatte Century Oaks an diesem Tag einen bescheidenen Gewinn zu verzeichnen.

Um neun Uhr am Sonntag abend mußte sich Killigan eingestehen, daß er das Problem des ständig wachsenden Komposthaufens nicht vor Montagmorgen würde lösen können. Er hatte sich eine Liste einschlägiger Unternehmen gemacht, doch sie waren alle geschlossen gewesen. Der Pferdemist, dachte er, würde eben noch einen Tag zum Himmel stinken müssen.

Er trank den letzten Schluck Bourbon, ging ins Badezimmer neben seinem Büro und spülte das Glas aus. Dann beugte er sich über das Becken und rieb sich das Gesicht mit kaltem Wasser ab.

Zurück in seinem Büro nahm er den Regenmantel vom Haken hinter der Tür, hängte ihn lässig über die Schulter, knipste die Lichter aus und ging hinunter zum Personalausgang im Parterre.

Sein neuer, weißer Thunderbird stand in der ersten Box

des Platzes für die leitenden Angestellten. Er schnallte sich an, ließ den Motor an und fuhr langsam nach Hause. Das leise Brummen des starken Motors, der Geruch der neuen Polsterung, das sanfte, grüne Licht der Armaturenbeleuchtung wirkten entspannend und beruhigend auf ihn. Selbst in den belebten Straßen einer Großstadt, selbst im Stoßverkehr von Manhattan konnte sich Jack Killigan am Steuer eines Autos entspannen. Schließlich war das die einzige Zeit am Tag, wo man das Gefühl haben konnte, völlig Herr der Lage zu sein ...

Um Viertel vor zehn parkte er den Thunderbird vor der weißen Doppelgarage des großen Hauses. Er ließ das Fenster herunter, stellte den Motor ab und lauschte den Grillen und Fröschen.

Als er schließlich aus dem Wagen stieg, sah er, daß im Wohnzimmer eine Lampe brannte. An der Küchentür blieb er stehen, spähte durch das Fliegengitter und lauschte den Klängen der Benny-Goodman-Musik, die aus dem Wohnzimmer kamen.

Rita wartete auf ihn.

In der Küche ließ er den Regenmantel auf einen Stuhl fallen. Dann ging er durch das große Eßzimmer zum Torbogen, der ins Wohnzimmer führte.

»Na endlich«, sagte sie. Sie hatte eine weiche, kehlige Stimme. »Ich dachte schon, du würdest vielleicht im Büro übernachten.«

Rita Janifer war die schönste Frau, die Killigan je gekannt hatte. Und im biblischen Sinn allein hatte er Dutzende gekannt. Sie war groß, etwa so groß wie er, wenn sie hohe Absätze trug. Darüber hinaus war es schwer, sie zu beschreiben. Ihre Schönheit war nicht zu kategorisieren. Was ihn immer zu ihr hingezogen hatte, wie den Fischersmann, der hilflos dem Ruf der Sirene auf dem Felsriff folgt, war ein lockender Zug der Verderbtheit. Man brauchte sie nur anzusehen, um zu wissen, daß sie unaussprechliches getan hatte und daß sie es wieder tun würde, weil es ihr Vergnügen bereitete; daß sie ein tiefes und fundamentales Wissen um die Geheimnisse des Lebens besaß und daß sie über Sex und Erotik – in ihren schönen wie in ihren häßlichen Erscheinungsformen – mehr wußte, als viele Menschen je wissen würden. Und doch trug sie keinerlei sichtbare Spuren der verlebten Verführerin. Ihr Teint war so klar und frisch wie das Wasser eines Bergquells, ihre Farbe dunkel und warm. Sie war dreißig, doch ihr Gesicht war so straff und glatt wie das eines Kindes. Zahllose bacchantische Nächte hatten die klaren, offenen, tiefdunkel leuchtenden Augen nicht zu trüben vermocht. Ihre Nase war fein gemeißelt und leicht aufgeworfen. Ein Lächeln der vollen, schwellenden Lippen wirkte fast atemberaubend in seiner Sinnlichkeit.

Es ist unglaublich, dachte Killigan, während er unter dem Torbogen stand und sie betrachtete. Sie hat alles – sie hat mehr als alle Sexsymbole Hollywoods zusammengenommen.

Warum war dann aus ihrer Filmkarriere nichts geworden? Sie war ›entdeckt‹ worden, als sie zweiundzwanzig gewesen war. Ihr erster Film war zwei Jahre später herausgekommen. Der Film fiel durch, doch Rita fiel allen auf. Die folgenden sieben Filme waren mittelmäßig, aber sie spielten eine Menge Geld ein, weil Rita der Star war. Sie war auf dem Weg nach oben gewesen. Und nun war seit zwei Jahren kein Film mehr herausgekommen, es war keiner in Produktion, Rita sprach nur vage davon, daß sie ›Drehbücher lesen und nach einem geeigneten Stück Ausschau halten‹ wollte.

»Bist du anwesend, Jack?«

»Wie?«

»Steh' doch da nicht so 'rum.«

»Entschuldige.«

»Du hast ausgesehen wie ein Nachtwandler.«

»Ich bin so müde, daß ich keinen klaren Gedanken fassen kann.«

»Dann setz dich hin. Spann' aus.«

Er durchquerte das Wohnzimmer und ließ sich in dem großen Sessel nieder.

»Ziemlich anstrengender Tag.«

»Deshalb hab' ich ja den Bourbon schon hingestellt.«

Sie deutete auf den Eisbehälter, das frische Glas und die Whiskyflasche auf dem Glastisch. Sie trank ebenfalls Bourbon. Das Glas in ihrer Hand war voll, aber gewiß nicht das erste an diesem Abend.

»Erzähl'«, sagte sie, nachdem er sich eingeschenkt und getrunken hatte.

Er berichtete über seine Arbeit als wäre es eine Geschichte, die er irgendwo gelesen hatte. Wenn er mit ihr zusammen war, schien ihm alles andere unwirklich und nebensächlich.

Sie lag lang ausgestreckt auf dem Sofa und hörte ihm zu. Sie trug ein langes, fließendes Gewand aus weißer Seide, das an ihrem Körper haftete wie das Moos an der Erde.

»Du Ärmster«, sagte sie, als er geendet hatte. »Mein Tag war einfach langweilig.«

»Erzähl' mir's trotzdem.«

Sie hielt ihm ihr Glas hin. »Whisky.«

Er schenkte ihnen beiden nach. Als sie ihr Glas nahm, hielt sie seine Hand einen Moment lang in der ihren und blickte ihm in die Augen und löste in ihm zum millionsten Mal das Gefühl aus, hilflos in einen dunklen aber nicht beängstigenden Tunnel zur Hölle hinunterzufallen. Sie spürte, wie stark sie auf ihn wirkte, ließ seine Hand los und lehnte sich lächelnd zurück.

»Ich habe bis Mittag geschlafen«, sagte sie, »und den Nachmittag irgendwie herumgebracht. Dann hatte Vater ein großes Abendessen. Deshalb bin ich so elegant angezogen.

Aber das Abendessen war stinklangweilig. Lauter Pferdezüchter. Zum Kotzen.«

Killigan spülte einen großen Schluck Bourbon hinunter. »Und da bist du einfach aufgestanden und hinausmarschiert.«

»Wie hast du das nur erraten?«

»Das machst du doch immer so, wenn dein Vater ein Fest gibt.«

Sie warf den Kopf zurück und lachte.

»Ich war die Höflichkeit selbst«, erklärte sie. »Ich wandte mich dem Herrn zu meiner Rechten zu und sagte, ›Entschuldigen Sie mich, bitte, ich möchte nicht unhöflich sein, aber ich kann diesen Quatsch einfach nicht länger ertragen‹. Und dann bin ich gegangen.«

»Warum haßt du deinen Vater eigentlich?«

»Tu' ich ja gar nicht.«

»Oh, doch.«

»Er ist langweilig.«

»Das ist nicht der Grund.«

»Gib's auf«, sagte sie.

Das Gefühl, das ihre Augen widerspiegelten, war nicht Haß. Es war blanke, feindselige Abscheu. Blitzartig flammte es auf und erlosch wieder. Doch er hatte es gesehen, und ihm war eiskalt geworden dabei. Sie nahm einen Schluck aus ihrem Glas und lächelte wieder.

»Dann bin ich hierher gekommen und hab' auf dich gewartet.«

Sie leerte ihr Glas und hielt es ihm hin.

»Gib mir noch was.«

Er füllte das Glas mit Eiswürfeln und Whisky auf, ohne sich selbst einzuschenken.

»Für dich auch«, sagte sie.

»Ich brauch' nichts mehr.«

Ihre Stimme wurde plötzlich schrill.

»Verdammt nochmal, jetzt werd' du nicht auch noch zum langweiligen Spießer.«

»Okay, okay«, sagte er beschwichtigend und schenkte sich ein.

Sie strich sich das rabenschwarze Haar aus dem Gesicht und sagte: »Ein herrlicher Abend, nicht wahr?«

»Ja, und die Grillen zirpen wie verrückt.«

»Tatsächlich? Ich hab' sie noch gar nicht gehört.« Sie stand auf. »Ich würde gern den Grillen eine Weile zuhören.«

»Jetzt?«

»Ja, sie singen doch jetzt, oder?« Ihr schönes Gesicht hellte sich plötzlich auf. »He, ich hab' einen besseren Einfall.«

»Was denn?«

Sie schob die weißen Träger von den Schultern und schlängelte sich irgendwie aus dem Kleid. Darunter trug sie nichts. Ihre vollen Brüste schwankten leicht. Ihre Taille war schmal, die Hüften rund, die langen Beine herrlich geformt.

»Ja, das ist ein viel besserer Einfall«, sagte er heiser.

»Das beste kommt noch«, versetzte sie. Sie nahm die Whiskyflasche und drückte sie in den Eisbehälter. Sie nahm den Behälter und ihr Glas. »Nimm dein Glas mit. Wir verbringen eine Nacht in der freien Natur, eine Nacht der Naturliebhaber. Wir gehen 'raus ins Gras und hören den Grillen zu und betrachten die Sterne und trinken uns einen an. Alles andere kommt dann von selbst.«

»Rita –«

Sie stand schon am Torbogen.

»Kommst du?«

»Das ist doch kindisch«, sagte er.

»Dann bin ich eben kindisch«, versetzte sie. »Ich gehe 'raus ins Gras und trinke Bourbon und höre den Grillen zu. Wenn du dich doch noch entschließen solltest zu kommen, bist du herzlich willkommen.«

Die Fliegengittertür schlug zu.

»Lieber Himmel«, sagte Killigan.

Er trank seinen Bourbon aus und ging nach oben. Im Schlafzimmer zog er sich aus und schlüpfte in seine Pyjamahose. Als er wieder nach unten kam, war sie immer noch irgendwo draußen im Garten.

Was, zum Teufel, ist los mit dir, Killigan? Warum läßt du dir das alles gefallen? Warum läßt du dich von ihr tyrannisieren?

Er streckte sich auf dem Sofa aus, wo sie noch vor wenigen Minuten gelegen hatte. Er meinte, noch die Wärme ihres Körpers spüren zu können.

Als er die Augen schloß, stürmten die Gedanken an Rita chaotisch auf ihn ein. Und als er sie geordnet und gegliedert hatte, sah er sich vor zwei Fragen gestellt. Warum halte ich an ihr fest, obwohl ich weiß, daß sie mich ruiniert? Er hatte sie von dem Moment an begehrt, als er sie das erstemal gesehen hatte. Er war sechsunddreißig, in seinem ersten Jahr in Hialeah, der jüngste Geschäftsführer einer Rennbahn, ein wahrer Wunderknabe. Ihr Vater war W. Kane Janifer, Züchter und Eigentümer von Rasserennpferden, dreihundertfacher Millionär. Rita war sechzehn, voll erblüht, und selbst damals hatte sie schon diesen verderbten Zug gehabt, diese faszinierende sinnliche Ausstrahlung. Als sie mit ihrem Vater nach Florida gekommen war, hatte sie ihre ganze Zeit mit Killigan verbracht. Während der Schulferien, wenn ihr Vater auf Reisen war, war sie nach Florida gekommen, um Killigan zu sehen. Und so war es weitergegangen, als sie aufs College ging und später, als sie zu filmen anfing. Er war ihr immer wieder erlegen. Selbst nachdem er Hialeah verloren hatte, war er ihr von neuem erlegen. Sein Verlangen nach ihr war im Lauf der Jahre nicht abgeflaut. Und seltsamerweise war auch ihr Begehren nicht ruhiger geworden. Nach zwei Jahren des Schweigens kam sie nun zurück, um seine Begierde von neuem zu entfachen, ihn wieder zu verhexen. Und das brachte ihn zu seiner zweiten Frage. Warum begehrt sie mich? Sie war reich, berühmt, atemberaubend schön. Sie konnte jeden Mann haben, den sie haben wollte. Killigan wußte, daß Frauen ihn anziehend fanden, doch das war etwas anderes. Er war ja alt genug, um fast ihr Vater zu sein.

Zwei Fragen.

Er wußte auf beide keine Antwort.

Er stand vom Sofa auf und ging in die Küche. An der Tür blieb er stehen und blickte in den Garten hinaus.

»Rita?«

Sie lachte leise. »Na, ist deine Naturverbundenheit jetzt erwacht?«

Er konnte ihre vom Sternenlicht erhellte Silhouette unter der Weide erkennen.

»Kommst du rein?« fragte er.

»Aber, Jack.«

»Sei doch vernünftig.«

»Ich bleib' die ganze Nacht hier draußen.«

»Ich möchte, daß du hereinkommst.«

»Und ich möchte, daß du dich zu mir ins Gras setzt.«

»Das ist ja verrückt«, sagte er.

»Aber schön verrückt.«

Er stieß die Fliegengittertür auf.

»Warte«, rief sie. »Ich kann dich sehen. Du hast ja deinen Pyjama an.« Sie lachte wieder.

»Rita –«

»Runter damit«, sagte sie. »Wenn du mit Kleidern hier rauskommst, schreie ich um Hilfe. Ehrlich.«

Voller Verachtung für sich selbst zog er die Pyjamahose aus.

»Das ist wunderschön«, sagte sie.

Das Gras unter seinen Füßen war naß, und als er sich

neben sie setzte, rann ein kühler Schauder durch seinen Körper. Doch die Nacht war warm und die Luft klar und sauber.

»Bourbon«, sagte sie und drückte ihm ein Glas in die Hand.

»Ich bin beschwipst genug.«

»Nimm es.«

»Ich krieg' höchstens einen Kater.«

»Dann nimmst du eben Aspirin.«

Er nahm den Bourbon.

»Und jetzt hör' den Grillen zu.«

Eine Weile saßen sie still da und lauschten.

»Schön hier draußen«, sagte er.

»Ach, zum Teufel mit den Grillen«, sagte sie.

Sie stellte ihr Glas weg und griff zwischen seine Beine. Er streichelte ihre Brüste. Sie waren voll und straff. Alles an ihr war straff und elastisch und fordernd.

Sie streckte sich im Gras aus und legte ihren Kopf in seinen Schoß und küßte ihn.

Die Grillen zirpten.

Sie stieß ihn nach rückwärts und setzte sich rittlings auf ihn und führte ihn in sich hinein und seufzte tief, als er sie nahm. Sie umfaßte seine Hände und drückte sie auf ihre Brüste. Ihre Brüste waren feucht vom Nachttau, und ihr Körper, der sich auf ihn preßte, war glühend heiß.

Als es vorbei war, sagte sie: »Zeit für einen Bourbon.«

Sie saßen an den dicken Baumstamm gelehnt und tranken den Whisky, ohne zu sprechen.

Irgendwann im Lauf der langen Nacht sagte er, »wir passen gut zusammen, nicht wahr?«

»Wir sind füreinander geschaffen.«

»Ich möchte wissen, wie das kommt.«

»Ich kann es mir denken.«

»Dann sag's mir.«

»Wir sind beide dekadent.«

»Das ist nicht wahr«, sagte er.

»Ich bin es jedenfalls.«

»Was bist du?«

»Dekadent natürlich. Darling, du bist zu betrunken für dieses tiefschürfende Gespräch.«

Er schüttelte den Kopf. »Ich bin nicht betrunken. Ich darf nicht betrunken sein. Ich muß morgen einen klaren Kopf haben.«

»Natürlich. Wir brennen dir den Alkohol einfach aus dem Körper.« Sie nahm ihm das Glas aus der Hand.

»Wie spät ist es?«

»Wen interessiert das schon.«

»Ich sollte ins Bett.«

»Erst kommst du zu mir.«

»Rita, ich habe ein bißchen Angst.«

»Angst? Wovor?«

»Vor uns beiden.«

»Wir sind füreinander geschaffen, vergiß das nicht.« Er seufzte, als sie die Arme um ihn schlang.

5

Vor einem hohen, eisernen Tor hielt der Fahrer an. Zwei Scheinwerfer beleuchteten das Tor und das Wachhäuschen unmittelbar dahinter. Auf dem rot-weißen Schild am Tor stand ›Internationale Warenforschung und -erprobung‹. In starrer Haltung wie einer der MPs, die Dominick Savestio von seiner Militärzeit her kannte, kam der Posten ans Tor. An der rechten Hüfte trug er eine Pistole. Hinter ihm, an der Tür des Wachhäuschens, stand ein zweiter Posten.

Der Fahrer schaltete die Scheinwerfer des Rover aus.

Der Posten am Tor musterte sie eingehend, trat dann zurück und rief dem anderen Mann etwas zu. Der andere Posten verschwand im Häuschen, und gleich darauf öffneten sich automatisch die Torflügel.

Klasse, dachte Savestio. Er war stolz auf Barry St. Cyr.

Der Fahrer schaltete die Scheinwerfer wieder ein und steuerte den Rover durch das Tor, eine breite, gekieste Straße entlang, die durch dichten Wald führte. Schließlich gelangten sie auf eine Lichtung, auf der eine Rollbahn ausgeflaggt war. Drei Gebäude standen am vorderen Ende der Rollbahn zusammengedrängt: ein Flugzeughangar aus Wellblech, der irgendwann in den dreißiger Jahren errichtet worden sein mußte, eine Garage mit Boxentüren für acht Fahrzeuge, und ein Holzhaus, das rundum von einer Veranda umgeben war. Licht schimmerte durch die Fenster des Hauses.

Der Junge fuhr über die Rollbahn, an Hangar und Garage vorbei, und hielt vor dem einstöckigen Haus an. Dominick folgte ihm die Stufen hinauf ins Haus hinein. Der Vorsaal war klein und spärlich beleuchtet. Schaler Küchengeruch hing in der Luft. Sie gingen ein Stück durch den Flur und betraten St. Cyrs Büro.

Der Raum hatte früher als Wohnzimmer gedient und war jetzt so schäbig wie der Rest des Hauses. Die Tapete hing in Fetzen von den Wänden, die Holzdielen waren schmutzig und abgetreten. Das ganze Mobiliar bestand aus einer Bettcouch, einem halben Dutzend Stühlen und einem alten Schreibtisch, der mit schwarzen Brandflecken von Zigaretten übersät war.

Am Schreibtisch saß St. Cyr. Er sprang auf und rannte Savestio entgegen und schüttelte ihm die Hand, als wollte er ihm den Arm auskugeln.

»Wie geht's dir denn, alter Kumpel?«

»Keine neuen Klagen«, antwortete Dominick lachend. »Und was machst du immer?«

»Oh, mir geht's blendend«, versetzte St. Cyr.

Er schickte den Fahrer des Rover weg und führte Dominick zur Couch. Aus der Küche holte er Bier und setzte sich dann zu Dominick.

»Wird eine lange Nacht werden«, sagte er. »Aber ich hoffe, du hast nichts dagegen, wenn wir erstmal den geschäftlichen Teil erledigen. Dann kommt die Freundschaft dran.«

»Ist mir recht«, antwortete Dominick.

Barrys ›Geschäft‹ war der Kauf und Verkauf von gestohlenen Waffen und Kriegsmaterial. Seit er vor vier Jahren aus Vietnam zurückgekehrt war, hatte er sich langsam aber stetig einen Ruf im illegalen Waffenhandel aufgebaut.

Einmal im Jahr besuchte er Savestio in Warren in New Jersey und rief ihn an jedem zweiten Montag oder Dienstag des Monats an. Nach Dutzenden von Anrufen war Dominick doch immer wieder überrascht, wenn er von den fernen Orten hörte, von wo St. Cyr telefonierte: Paris, Rom, Hongkong, La Paz, Rio, Lima, Caracas, Sansibar ... Ein Waffenschmuggler führte offensichtlich ein abenteuerliches und romantisches Leben.

Dominick hatte immer eine Nummer, wo er St. Cyr erreichen konnte, wenn er Hilfe brauchte. Barry war von der Überzeugung besessen, daß er Dominick etwas schuldig war. Dauernd bemühte er sich, Dominick dafür zu bezahlen, was dieser seiner Meinung nach in Vietnam für ihn getan hatte.

Zweimal im Jahr änderte sich die Nummer; doch Savestio hatte immer die Möglichkeit, St. Cyr auf schnellstem Weg zu erreichen.

Vor zehn Tagen hatte Dominick zum erstenmal die Nummer gewählt. Eine Frau hatte sich gemeldet. Barry war nicht erreichbar gewesen. Sie hatte Savestios Namen aufgenommen und erklärt, sie würde die Nachricht weitergeben.

Sechs Stunden später hatte Barry zurückgerufen. Aus Mexico City.

»Es ist nichts passiert«, sagte Dominick. »Aber ich habe da eine Chance, bei einem großen Ding mitzumachen. Ich brauche deine Hilfe. Den Erlös könnten wir uns dann teilen.«

»Was brauchst du denn?« fragte St. Cyr.

Ein wenig zaghaft hatte Dominick geantwortet: »Einen Hubschrauber mit Platz für drei Passagiere.«

St. Cyr hatte nicht gezögert. »Wann?«

»Am letzten Samstag im Mai.«

»Kleine Fische. Aber du mußt ihn dir in Kanada holen. Und wie du ihn wieder zurückbringst ist dein Bier. Aber du kannst das Ding haben. Ich ruf' dich in ein paar Tagen an und sag' dir genau, wie du herkommst.«

Vier Tage später war der Anruf gekommen. Dominick hatte die Anweisungen auswendig gelernt. Am Freitag war er aus Warren abgefahren. Am Samstag hatte er mit falschen Papieren die kanadische Grenze überquert und war nach Hamilton weitergefahren. Und jetzt saß er hier in diesem halb zerfallenen Haus an einem alten Flughafen in den Wäldern am Huron-See.

St. Cyr trank einen Schluck Bier.

»Also, erzähl' mal, worum's geht bei der Sache.«

»Ich hab' dir doch mal von diesem Jessup erzählt«, begann Dominick.

»Juwelenraub in Jamaika. Du bist für ihn geflogen.«

»Ich hab' noch öfter für ihn gearbeitet . . .«

Als Dominick sechs Monate nach seiner Rückkehr aus Vietnam aus dem Lazarett entlassen worden war, hatte er seine Ersparnisse und einen Teil seiner Invalidenrente in Flugstunden angelegt und seinen Pilotenschein gemacht. Danach hatte er ein Darlehen aufgenommen und auf Abzahlung einen Hubschrauber gekauft. Auf einem Privatflugplatz in Warren hatte er einen Hangar gemietet und einen Hubschrauber-Charterdienst aufgemacht. Doch er mußte bald erfahren, daß die Steuern und Lizenzgebühren zuviel waren für einen Alleinunternehmer, der ganz ohne Betriebskapital anfing. Schlimmer noch, der Zinssatz seines Bankdarlehens war nicht festgelegt und kletterte mit den steigenden Inflationsraten bald ins Unerschwingliche. Wenn Pat Jessup nicht aufgetaucht wäre, und wenn Dominick nicht alle Illusionen über den Lohn der Ehrlichkeit verloren hätte, dann wäre das Unternehmen bankrott gegangen.

»Dieser Job kommt auch wieder von Jessup«, erklärte Dominick dem hochgewachsenen Schwarzen. »Und mit meinem Anteil habe ich ausgesorgt, wenn alles klappt.«

»Ich höre.«

Dominick berichtete.

»Ein Überfall auf eine Rennbahn ist noch nie geglückt«, sagte St. Cyr.

»So wie wir hat's auch noch niemand probiert«, versetzte Dominick.

»Das ist wahr.«

Der Schwarze öffnete noch zwei Dosen Bier.

Ungehaglich rutschte Dominick auf dem Sofa hin und her.

»Bist du noch dabei?«

St. Cyr zog überrascht die Brauen hoch.

»Ich vermiete dir ja nur einen Hubschrauber. Ich riskier' kein Haar bei der Sache und mach' noch fünfundzwanzigtausend Eier dabei. Mich kannst du nicht mehr abwimmeln, du vernageltes Bleichgesicht.«

»Fünfundzwanzigtausend ist nicht genug«, entgegnete Dominick. Er war St. Cyr für seine Freundschaft dankbar, doch er wollte sich nicht begönnern lassen. »Du riskierst einen teuren Militärhubschrauber. Du könntest ihn verlieren. Du kannst mit gutem Recht verlangen –«

»Sag' du mir nicht, was ich zu verlangen habe. Ich mache jeden Monat dreißigtausend. Ich hab' eine Villa in Frankreich. Da hab' ich meinen Wohnsitz. Das große Geld verdient man mit dem Kleinzeug – mit Handfeuerwaffen, Granaten, Plastikbomben.«

»Und wie bist du an den Hubschrauber herangekommen?«

»Der stand auf einem Fabrikhof bei Detroit«, erwiderte St. Cyr. »Er sollte irgendwo auf Eis gelegt werden. Der Posten auf dem Hof nimmt ganz gern mal eine Bestechung an. Und der Mann, der die Bestandslisten macht, hat auch nichts gegen Bargeld einzuwenden. Er änderte einfach die Liste, so daß darauf ein Hubschrauber weniger erschien, und wir holten das Ding nachts mit dem Lastwagen ab. War überhaupt nichts dabei. Mich hat die ganze Chose fünfundzwanzigtausend gekostet. Wenn ich also fünfundzwanzigtausend von dir kriege und die Maschine dann für fünfundsiebzig an einen Händler verkaufe, hab' ich gut verdient.«

»Ist er nicht mehr wert als fünfundsiebzigtausend?«

»Sicher. Es ist ein neuer Kaman Huskie, und der Bursche, an den ich ihn verhökere, kriegt bestimmt hundertfünfundzwanzig dafür, vielleicht sogar hundertvierzig.«

»Aber dann –«

»Das hat mit unserem Geschäft nichts zu tun«, unterbrach St. Cyr. »Du mietest die Maschine für fünfundzwanzig, damit machen wir beide ein gutes Geschäft.«

Dominick schüttelte den Kopf. »Und wenn du die Maschine verlierst?«

»Dann ist es mit dir auch aus«, versetzte St. Cyr. »Und der Verlust meines besten Freundes wird mir wesentlich näher gehen als der Verlust eines Monatseinkommens.«

Dominick starrte auf die leere Bierdose in seinen Händen und sagte zweifelnd: »Ich weiß nicht recht . . .«

»Lieber Gott!« St. Cyr sprang auf und schleuderte seine Bierbüchse durch den Raum. Zornig blickte er Dominick an.

»Jetzt hör' mir mal gut zu, du Idiot. Was dir in Vietnam passiert ist, hätte eigentlich *mir* passieren müssen. Ich wache mitten in der Nacht auf und hör' die Mine hochgehen. Ich schreie wie ein Irrer. Du hast dich für mich zum Krüppel machen lassen –«

»Das ist lange her.«

»Was, zum Teufel, hat das damit zu tun? Ich hätte die Patrouille führen müssen – aber mir hat der Mumm gefehlt. Und dafür bist du jetzt für den Rest deines Lebens ein Krüppel. Meinst du vielleicht, das läßt mich kalt? Meinst du vielleicht, ich hab' überhaupt keine Selbstachtung? Was ich jetzt tue, du Vollidiot, das tu' ich für mich. Wenn du bei dem Überfall auf die Rennbahn draufgehst, dann brauch' ich mich dir nicht mehr verpflichtet zu fühlen. Dann kann ich dich vergessen. Und wenn du's schaffst, dann hast du das Geld für deine Farm im Wilden Westen. Kapiert?«

Dominick nickte stumm. Er konnte nicht sprechen.

»Ich tue es«, fuhr St. Cyr ein wenig weicher fort, »um mich endlich von dir zu befreien. Einverstanden?«

»Einverstanden.«

St. Cyr setzte sich wieder und öffnete die letzten beiden Dosen Bier.

6

Um zwei Uhr trafen Willie und Lou mit den beiden Männern ein, die sie am Flughafen von Harrisburg abgeholt hatten. Die Neuankömmlinge trugen Anzüge und Krawatten, als wollten sie an einer regulären geschäftlichen Konferenz teilnehmen. Willie Denver, der mit beiden schon zusammengearbeitet hatte, machte sie mit den anderen bekannt.

Der Interessantere der beiden, dachte Garrison, war Pat Jessup. Er war ein untersetzter Mann Mitte Vierzig, so kompakt und stämmig wie ein Gewichtheber. Sein breites Gesicht hatte abgeplattete Züge. Er hatte buschige Brauen, aufgeworfene Lippen und sehr schmale Augen.

Vince Greenfield, der mit Jessup aus New York gekommen war, wirkte wie ein aufstrebender junger Rechtsanwalt. Er war Ende Zwanzig, groß, schlank, gutaussehend auf eine sterile Art.

Mit dem Eintreffen der beiden war das Team komplett – abgesehen von dem Hubschrauberpiloten, Dominick Savestio.

Nachdem man sich miteinander bekanntgemacht hatte, bot Annie Drinks an. Jessup nahm einen Scotch mit Wasser, Greenfield bat um ein Coca-Cola. Die anderen tranken, was sie am vorhergehenden Nachmittag getrunken hatten.

Mit den Gläsern in der Hand gingen sie alle ins Wohnzimmer. Einige Minuten drängten sie sich um die drei Küchenstühle, die als Staffeleien dienten. Auf jedem von ihnen lehnte ein großes Zeichenblatt, und jedes Blatt zeigte den Grundriß eines bestimmten Stockwerks des Hauptgebäudes vom Century Oaks Rennplatz. Garrison selbst hatte die Pläne aus dem Gedächtnis skizziert. Keiner sprach ein Wort, und nach und nach entfernten sie sich von den Skizzen und setzten sich.

Abwartend starrten sie einander an.

»Edgar«, sagte Lou Velinski schließlich, »würden Sie jetzt den Plan erläutern?«

Garrison sprach langsam und bedächtig, während er erklärte, wie sie trotz der strengen Sicherheitsmaßnahmen alles Geld aus dem Kassenraum, von den Schaltern, aus dem Ausstellungsraum und dem VIP-Restaurant von Century Oaks an sich bringen würden. Als er zum Ende gekommen war, sagte er: »Fragen?«

Pat Jessup hatte seinen Whisky mit Wasser ausgetrunken.

»Edgar«, sagte er, »woher wissen Sie so verdammt genau über das Sicherheitssystem da draußen Bescheid?«

Garrison klärte ihn über die Abmachung der Firma Pro-Teck mit dem Aufsichtsrat auf.

»Als die Rennbahn vor drei Jahren aufgemacht wurde, berichteten alle Zeitungen über das fantastische System. In der ›Racing Form‹ war ein langer Artikel darüber.«

»Hm, das wäre dann eigentlich alles, was mich angeht«, meinte Jessup. »Mir scheint, wenn jeder seine Aufgabe erfüllt, kann gar nichts schiefgehen.« Er wandte sich an Lou Velinski. »Und Sie sind sicher, daß Sie eine dieser Schlüsselkarten für den Kassenraum beschaffen können?«

Velinskis Hände waren auf seinem unförmigen Bauch gefaltet. Er lächelte.

»Das Hauptquartier von Pro-Teck ist in New York. Ich kenne einen erstklassigen Privatdetektiv dort, der es mit dem Gesetz nicht so genau nimmt. Er hat mir die Karte für Mittwoch versprochen.«

Seit dem Moment, als Garrison mit seinen Ausführungen über den geplanten Überfall zum Ende gekommen war, marschierte Willie Denver vor den drei Grundrissen auf und ab und studierte sie mit ernster Miene. Plötzlich drehte er sich abrupt um und sagte, »Pat, Willie Denver hat erklärt, daß Sie die Waffen für den Job beschaffen können. Haben Sie Ihre Quellen noch?«

»Klar«, antwortete Jessup. »In New York. Queens. Aber Sie wollen eine Maschinenpistole und vier Pistolen. Alle sauber und absolut unidentifizierbar. Fünfzehnhundert Dollar. Wer finanziert das – oder gibt jeder was dazu?«

»Ich finanziere«, sagte Edgar.

»Gut«, versetzte Jessup.

»Aber da es mein Geld ist, möchte ich dabeisein, wenn Sie es ausgeben. Okay?«

Jessup zuckte die Achseln. »Meinetwegen. Wir können morgen fahren.«

Vince Greenfield räusperte sich.

»Ich hätte gern mehr Klarheit«, sagte er, »über das Geld im Ausstellungsraum. Zum Teil baut doch die Werbung für die Lotteriewoche darauf auf, daß Century Oaks im Laufe dieser Woche eine Million an Preisgeldern auszahlen wird. Und deshalb liegt im Ausstellungsraum hinter kugelsicherem Glas ab heute abend eine Million Dollar.«

»Ganz recht«, bestätigte Garrison.

»Und Sie sind sicher«, fragte Greenfield, »daß das echtes Geld ist? Nicht einfach zurechtgeschnittenes Zeitungspapier, das unter einer Schicht echter Scheine aufgestapelt ist?«

»Es kann natürlich Makulatur darunter sein«, erwiderte Garrison mit Unbehagen. »Aber sie haben mit dieser Sache große Reklame gemacht. Eine Bank aus Harrisburg vermietet ihnen die Million. In der Zeitung war ein Bild des Geschäftsführers, Killigan, als er den Versicherungsvertrag für die Million unterschrieb. Uns bleibt nichts anderes übrig als so vorzugehen, als wüßten wir, daß es echtes Geld ist.«

»Dieses Schaufenstergeld«, bemerkte Willie, »kann natürlich nicht ausgegeben werden. Die Seriennummern der Scheine sind garantiert notiert worden. Deshalb nimmt Willie Denver es mit nach New York zu einem Hehler, der die Scheinchen dann im ganzen Land verteilt. Er zahlt fünfzig Cents pro Dollar. Macht also eine halbe Million.«

»Wie hoch schätzen Sie die Gesamteinnahme?« fragte Velinski Edgar.

»Auf mindestens zwei Millionen, einschließlich der halben Million, die wir für das Schaugeld bekommen.«

Willie Denver klatschte vergnügt in die Hände.

Lou Velinski pfiff und sagte, »eine Menge Kohlen.«

Greenfield seufzte und rückte den Knoten seiner grauen Krawatte zurecht.

»Und wie wird geteilt?« fragte Jessup.

»Sieben gleiche Teile.«

Lou Velinski beugte sich in seinem Sessel vor. Es sah gefährlich aus, so als würde sein Bauch ihn gleich zu Boden ziehen.

»Ist noch genug Scotch für alle da?« fragte er. »Damit wir den Abschluß feiern können?«

Als Willie und Annie allen frische Drinks gebracht hatten, änderte sich der Gesprächston. Scherze, Gelächter, allgemeiner Frohsinn. Nur Jessup saß mit steinernem Gesicht da, sprach kaum, lächelte kein einziges Mal.

Ich glaube, der kann gar nicht lächeln, dachte Garrison.

Kurz vor vier standen die vier Männer auf. Sie gingen durch die Hintertür hinaus zur Scheune, wo Willies Cadillac stand.

Annie und Edgar traten auf die Veranda hinaus. Der Cadillac kam rückwärts aus der Scheune und wendete. Willie hupte zweimal, als er an der Veranda vorüberfuhr.

Edgar Garrison blickte dem Wagen nach. Und als er verschwunden war, sah er in die Frühlingslandschaft hinaus. Doch im Geist sah er etwas ganz anderes: splitterndes Glas, vier Tote auf einer Granittreppe, blutbefleckte Banknoten ...

7

Am Montagnachmittag um drei Uhr betrat Ely Grimes sein Zimmer im Lazy Time Motel drei Kilometer westlich von der Rennbahn Century Oaks. Er packte seinen Koffer aus und legte alles in die Kommodenschubladen. Clara hatte seine Sachen wie immer sorgfältig und säuberlich gefaltet.

Bei der Vorstellung, wie sie gewissenhaft und ordentlich den großen Koffer gepackt hatte, verspürte Ely einen scharfen Stich des Schuldgefühls. In seiner Aktentasche trug er fünftausend Dollar, die er sich beschafft hatte, indem er eine neue Hypothek auf das kleine Haus in Tenafly aufgenommen hatte. Sie hatten das Haus erst vor achtzehn Monaten abgezahlt, und es war nur deshalb gelungen, weil Clara halbtags gearbeitet hatte und weil es ihr im Lauf der Jahre immer wieder gelungen war, einen Teil seines Gehalts zu retten, ehe er das Geld beim Pferderennen oder beim Poker vergeudet hatte. Die neue Hypothek hatte er nur aufnehmen können, indem er ihre Unterschrift gefälscht hatte. Und in seiner Brieftasche lagen weitere dreitausend Dollar – alles, was sie auf ihrem gemeinsamen Sparkonto gehabt hatten. Sie wußte nicht, daß er das Geld abgehoben hatte. Sie hatte wahrscheinlich noch nie von Century Oaks gehört. Sie war in dem Glauben, er wäre auf Verkaufstour durch Pennsylvania, einsam und allein ...

Das Schuldgefühl verflog. Schließlich war die Situation eine ganz andere als sonst. Es war nicht so wie sonst, wenn er sich heimlich davongeschlichen hatte, um zu spielen. Jetzt trieb ihn weniger die Spielleidenschaft als vielmehr die Notwendigkeit, die Angst, die Verzweiflung. Dies war seine letzte Chance, Clara noch etwas zu geben – mehr als nur seine Liebe und Zuneigung –, sie für zweiunddreißig Jahre der Geduld und Zärtlichkeit und unerschütterlichen Liebe zu entschädigen. In einem Jahr würde er tot sein. Sie sollte so viel finanzielle Unabhängigkeit haben, daß sie dann die Wahl treffen konnte, wie sie ihre Zukunft aufbauen wollte. Niemals konnte er in der kurzen Zeitspanne, die ihm noch blieb, genug verdienen, um ihr diese Freiheit zu geben. Daher würde er sie *gewinnen* müssen.

Diesmal dachte er, während er sich in dem winzigen Badezimmer wusch, habe ich meine Hausaufgaben gemacht. Ich habe genau Buch geführt und alles errechnet. Ich kenne die Sieger diesmal – oder werde sie kennen, sobald die Teilnehmer der Rennen bekanntgegeben werden. Sechs Gewinntage. Ja. So wird es werden. Diesmal bin ich dabei.

Als er aus dem Bad kam, rückte er den Sessel zum Bett und breitete auf der gelben Chenilledecke den Inhalt seines zweiten Koffers aus: Kugelschreiber und Bleistifte, acht Loseblatt-Hefter mit je zweihundert Seiten voller Daten, einen Hefter mit Diagrammen, einen zehnten Hefter mit Zeit- und Wetterplänen, einen Minirechner, zwei Rechenschieber, drei Stenoblöcke, ein Vergrößerungsglas und drei Plastikschachteln, die zwölfhundert Karteikarten enthielten.

Lächelnd machte er sich an die Arbeit.

Nach einer Serie besonders hoher Verluste beim Pferderennen im Jahr zuvor hatte Clara ihm ernstlich die Leviten gelesen. Beschämt, ein wenig erschrocken darüber, innerhalb einer Woche dreitausend Dollar zum Fenster hinausgeworfen zu haben, hatte er Besserung gelobt. Zwölf Monate lang war er zu keinem Rennen mehr gegangen.

Dennoch hatte er seine komplizierten Unterlagen über fast dreitausend Rennpferde weitergeführt, hatte jeden Tag die ›Racing Form‹ gekauft und eingehend studiert. Er hatte für sich selbst gewettet und jeden Tag ausgerechnet, was er gewonnen oder verloren hätte, wenn er tatsächlich Geld eingesetzt hätte.

In den letzten vier Monaten hatte er ständig gewonnen. Seine Verluste waren gering gewesen. Fast jeder Tag hatte ihm einen Gewinn gebracht. Ely Grimes hatte endlich ein System entdeckt, das unschlagbar war. Natürlich war das im Moment noch reine Theorie. Aber das würde sich jetzt ändern.

Sechs Gewinntage . . .

»Krebs?« Das Wort widerhallte in dem hohen, kahlen Raum. »Bist du denn sicher, Jim?«

»Ely, ich bin seit zwanzig Jahren dein Arzt und fast

ebenso lange dein Freund. Du mußt den Tatsachen ins Auge sehen.«

»Leukämie.«

»Eine seltene Art –«

»Heilen kann man das nicht. Wie lange habe ich noch?«

»Ein Jahr höchstens.«

»Besser als ich dachte ...«

Sechs Gewinntage ...

Dann konnte er mit einem dicken Bündel Geld nach Tenafly zurückkehren. Clara würde er kein Wort von seinen Gewinnen verraten. Er würde das Geld sofort in achtprozentigen Obligationen anlegen. Und wenn er dann starb, dann würde es auf sie warten und für sie wachsen: eine bessere Zukunft als sie nach zweiunddreißig Jahren mit einem Taugenichts wie ihm erwarten konnte.

Er wünschte, er könnte dabeisein und ihr Gesicht sehen.

Er starrte auf die erste Seite der Aufstellung für Century Oaks in der ›Racing Form‹. Das erste Rennen war für Pferde von und über drei Jahren, die noch nie ein Rennen gewonnen hatten. Ely Grimes schüttelte seufzend den Kopf und blätterte um. Wie, zum Teufel, sollte man unter solchen Gäulen die richtige Wahl treffen? Das war ein Rennen für blutige Amateure, weiter nichts.

Die Aufstellung für das zweite Rennen war viel besser. Er griff zum Vergrößerungsglas und studierte die vergangenen Leistungen jedes einzelnen Pferdes, das im zweiten Rennen gemeldet war. Er schlug jedes Pferd in seinen Loseblatt-Heftern nach und schürfte noch tiefer in seiner Vergangenheit. Er zog die Zeit- und Wetterkarten zu Rate. Er ging zur Tür, öffnete sie, blickte zum blauen Frühlingshimmel hinauf und sog die Luft ein. Dann kehrte er zu seinem Stuhl zurück und sah sich nochmals die vergangenen Leistungen an. Mit großer Sorgfalt machte sich Ely Grimes schließlich daran, sein neues, unfehlbares System in Anwendung zu bringen.

8

Nach weniger als fünf Stunden Schlaf erwachte Jack Killigan an diesem Montag morgen um neun Uhr. Er stand auf und ging ins Badezimmer. Benommen von seinem Kater nahm er zwei Tabletten und stellte sich eine Viertelstunde lang unter die Dusche. Sein Mund war pelzig. Das Summen des elektrischen Rasierapparats dröhnte wie das Kreischen einer Kreissäge in seinen Ohren. Allein das sich Fertigmachen für den kommenden Tag war eine fast unerträgliche Strapaze.

Rita Janifer lag derweilen seitlich in dem breiten Bett und schlief ungestört. Sie atmete langsam und tief. Das schwarze Haar verbarg halb ihr Gesicht. Ihr Mund war leicht geöffnet. Rita stand niemals vor Mittag auf. Und wenn er sie jetzt weckte, würde die Hölle los sein.

Unten kochte er sich frischen Kaffee und trank zwei Tassen voll. Etwas Festes konnte sein Magen jetzt noch nicht vertragen, das wußte er.

Um Viertel nach zehn rief er Molly Barnes an, seine Sekretärin.

»Ich bin vor einer Viertelstunde gekommen«, sagte sie, »und gleich hat Mickey Ginchey angerufen. Er sagt, bis heute abend liegen zweihundertfünfzig Tonnen Mist auf dem Komposthaufen, und wenn wir das Zeug nicht loswerden, dann wird sich bald die ganze Rennbahn nach Süden senken.«

Molly war eine rundliche, mütterliche Frau Mitte Fünfzig, und sie hatte ein herzhaftes Lachen.

Killigan bat sie, die Firmen anzurufen, die er sich am Vortag herausgeschrieben hatte. »Fragen Sie, ob von den Leuten jemand uns helfen kann. Lassen Sie sich aber Preise geben.«

»Und wenn nichts geht?«

»Darüber zerbrechen wir uns den Kopf, wenn ich da bin.«

»Okay«, meinte sie. »Wann kommen Sie?«

»Nicht später als halb zwölf.«

Nachdem er aufgelegt hatte, kehrte er in die Küche zurück und trank zwei weitere Tassen Kaffee. Dann versuchte er es mit ein paar Bissen Toast. Sein Magen drohte, sich umzudrehen. Er warf den Rest des Toasts in den Müll.

Ehe er aus dem Haus ging, blieb er am Fuß der Treppe stehen und lauschte. Oben war alles still. Rita schlief immer noch.

Kurz vor halb zwölf betrat er sein Büro. Molly legte gerade den Telefonhörer auf. Wie gewöhnlich gab sie ihm als erstes die Wettervorhersage weiter. Für den Abend waren keine Niederschläge und Temperaturen zwischen fünfzehn und achtzehn Grad angesagt. Dann kam sie zu den schlechten Nachrichten. Wie er gefürchtet hatte, besaß kein Unternehmen außer Agroco die Ausrüstung oder das Bedürfnis, solche ungeheuren Mengen von Pferdemist abzutransportieren.

»Und jetzt?« fragte Molly.

Er überlegte. Er wünschte, ihm wäre nicht so flau.

»Jetzt spreche ich erstmal mit diesem Simpson von Agroco. Er muß wenigstens eine Ahnung haben, wann der Streik beigelegt sein wird.«

Doch was Simpson ihm zu sagen hatte, war nicht ermutigend. Von den vierhundert Angestellten der Firma Agroco waren achtzig, nämlich die LKW-Fahrer, in Streik getreten. Sie verlangten eine beträchtliche Lohnerhöhung. Agroco hatte die Hälfte der geforderten Erhöhung geboten und war nicht bereit, auch nur einen Penny weiterzugehen. Die Firma hatte den Fahrern eine Frist bis zum Mittwoch morgen gestellt. Wenn der Streik dann nicht beendet wurde, sollten alle achtzig entlassen und ein neues Team eingestellt werden.

»Ich glaube offen gestanden nicht, daß sie Mittwoch erscheinen werden«, sagte Simpson. »Unter ihnen ist ein hitzköpfiger Gewerkschaftsvertreter, der sie so aufgehetzt hat, daß sie gar nicht mehr sehen, was für sie gut ist.«

»Und wenn sie Mittwoch nicht zurückkommen«, fragte Killigan, »wann können Sie dann frühestens mit der Abholung hier wieder anfangen?«

»Ich würde sagen, in zwei Wochen.«

»Unmöglich!« rief Killigan. »Bis dahin stapeln sich hier fünfzehnhundert Tonnen Pferdemist.« Unwillkürlich schlug er mit der Faust auf den Schreibtisch. »Ich verlange, daß Sie etwas tun, Mr. Simpson.«

»Ich kann verstehen, wie Ihnen zumute ist«, versetzte Simpson, »aber Sie wissen wohl, daß unser Vertrag mit Ihnen eine Streikklausel enthält. Solange die Fahrer streiken, solange wir Ersatzleute anlernen müssen, sind wir nicht haftbar.«

»Ich weiß«, erwiderte Killigan müde. »Ich rufe vielleicht später nochmal an.«

»So rasch wird sich nichts ändern.«

»Ich melde mich trotzdem wieder.« Er legte auf.

Als Molly Barnes um halb eins zum Mittagessen ging, hatte Killigan noch immer keine Lösung gefunden. Er saß an seinem überdimensionalen Schreibtisch und malte Männchen auf ein Blatt Papier, während sich seine Gedanken im immer gleichen Kreis bewegten.

Er fühlte sich immer noch ausgelaugt und übernächtig. Er hatte Kopfschmerzen und spürte leichte Übelkeit. Schließlich schenkte er sich einen Bourbon ein und trank ihn vorsichtig. Als das Glas leer war, fühlte er sich fast normal.

Doch das Problem mit Agroco blieb.

Wenn der gottverdammte Aufsichtsrat im Januar auf ihn gehört hätte, dann gäbe es dieses Problem jetzt gar nicht. Dann hätte man auf der Rennbahn längst eine Müllverbrennungsanlage. Aber die alten Geizhälse hatten die Million für die Anlage nicht herausrücken wollen, obwohl er ihnen mit unwiderlegbaren Zahlen klargemacht hatte, daß es sich lohnen würde.

Und jetzt, wo die Krise da war, würden sie Zeter und Mordio schreien, wenn Killigan sie nicht augenblicklich aus der Welt schaffte. Ihn würde man zum Sündenbock machen. Keiner würde sagen, Sie haben es uns ja gesagt, aber wir wollten nicht hören. Es war nicht gerecht.

Er spürte, wie er immer tiefer in Verzweiflung versank und dachte plötzlich, Mensch, Killigan, reiß' dich zusammen. Hör' auf mit dem läppischen Gejammere. Tu' was! Wenn du mit Pferdemist nicht fertig wirst, wie willst du dann mit wichtigeren Problemen fertigwerden?

Seine Talfahrt begann immer so. Er brachte es nicht fertig, ein Betriebsproblem zu lösen. Es weitete sich aus, gebar neue Probleme. Die Zügel glitten ihm aus der Hand, und dann bekam er seine Entlassungspapiere.

Aber diesmal nicht.

Als Molly Barnes um halb zwei vom Essen zurückkehrte, hatte er seinen zweiten Bourbon getrunken und einen Plan ausgearbeitet.

»Verbinden Sie mich mit Simpson«, sagte er zu ihr.

Simpson war voller Bedauern. »Tut mir leid, Mr. Killigan«, erklärte er, »aber es hat sich nichts geändert.«

»Dann werden wir es ändern«, versetzte Killigan unerschüttert.

Simpson verstand nicht.

»Wie viele Fahrer haben Sie genau?«

»Achtzig. Warum?«

»Wie hoch ist die Lohnerhöhung, die sie verlangen?«

»Zwanzig Dollar – für alle.«

»Pro Woche?«

»Ja.«

»Sie haben vorhin gesagt, daß Agroco gewillt ist, die Hälfte dieser Forderung anzuerkennen.«

»Wir halten zehn Dollar pro Woche für ausgesprochen großzügig«, erklärte Simpson.

»Dann kann ich das Problem für Sie und für uns lösen. Century Oaks zahlt die andere Hälfte der zwanzig Dollar. Auf ein Jahr.«

»Ich habe wohl nicht recht verstanden«, erwiderte Simpson zögernd.

»Doch. Sie machen einen Vertrag mit Ihren Fahrern. Wir versehen unseren Vertrag mit Ihnen mit einem Zusatz. Wir zahlen zusätzliche einundvierzigtausendsechshundert Dollar – das sind zehn Dollar pro Woche über zweiundfünfzig Wochen für achtzig Fahrer – über die nächsten zwölf Monate. Wir werden es eine Anpassung der Transportkosten nennen. Tatsächlich aber zahlen wir einen Zuschuß zu der Lohnerhöhung, die Sie Ihren Leuten gewähren.«

»Ist das Ihr Ernst?« fragte Simpson argwöhnisch.

»Absolut.«

Eine ganze Weile blieb es still. Schließlich sagte Simpson: »Würden Sie in diesen Zusatz zum Vertrag eine Klausel einschließen, die Sie auch für das folgende Jahr verpflichtet?«

»Ein Jahr«, versetzte Killigan entschieden. »Ich biete Ihnen einundvierzigtausendsechshundert Dollar. Nicht mehr und nicht weniger.«

»Aber wir könnten doch nächstes Jahr einfach den Preis erhöhen«, versetzte Simpson. »Um einundvierzigtausendsechshundert Dollar oder mehr.«

»Das könnten Sie«, gab Killigan zu. Aber du wirst es nicht tun, du Schwein. Nächstes Jahr haben wir nämlich die Verbrennungsanlage.

»Wann brauchen Sie die Wagen?«

»Morgen vormittag«, erwiderte Killigan, der wußte, daß er gewonnen hatte.

»Das wird nicht leicht sein.«

»Aber es geht. Verfassen Sie also den Zusatz und schicken

Sie ihn per Boten an unseren Anwalt Jeff Cassarian in Harrisburg. Wenn unser Anwalt daran nichts auszusetzen hat, kann er den Schrieb an mich weiterleiten. Ich unterschreibe dann heute nachmittag. Noch vor achtzehn Uhr kann eine Kopie wieder bei Ihnen sein.«

»Mit einem Scheck.«

»Über ein Zwölftel des Gesamtbetrags.«

»In Ordnung.«

»Und die Wagen morgen vormittag.« Killigan legte auf und lehnte sich mit einem Seufzer der Erleichterung in seinem Sessel zurück.

Kurz nach fünf schenkte sich Jack Killigan seinen dritten Bourbon ein. Erst drei, dachte er, nicht schlecht. Du machst dich.

Er ging zu dem kleinen Schrank, in dem er stets etwas frische Wäsche liegen hatte, suchte sich ein blaßgelbes Hemd heraus und ging ins Badezimmer. Er stellte sein Glas ab und zog sich aus.

Einen Moment musterte er sich in dem hohen Spiegel. Beschwingt durch die erfolgreiche Lösung der Agroco-Krise betrachtete er sein Spiegelbild mit Wohlgefallen. Für einen Fünfzigjährigen war er in verdammt guter Verfassung. Nicht ein Gramm Fett an dem schlanken, drahtigen Körper. Straffe Muskeln, keine Schlaffheit an den Armen, der Brust und dem Bauch, wie er sie bei anderen Männern seines Alters sah. Killigan war zufrieden mit sich.

Er stellte die Dusche an und ließ das heiße Wasser an seinem Körper herunterrinnen. Er dachte an Rita und hoffte, sie würde am Abend auf ihn warten. Die unbestimmte Angst vom Abend zuvor war verflogen. Rita war flatterhaft, unberechenbar und vielleicht ein bißchen verrückt. Aber sie war keine Drohung. Am vergangenen Abend war er beunruhigt gewesen, voller Zweifel an sich selbst. Doch alle Zweifel waren mit dem Abschluß der Agroco-Sache ausgelöscht worden. Jetzt sehnte er sich nach Rita. Sehr.

Er trat aus der Duschkabine und trank den eiskalten Whisky.

Um Viertel nach sechs knotete er seine Krawatte und warf einen letzten Blick in den Spiegel. Dann begann er seinen Rundgang durch das Gebäude.

Was er sah, freute ihn. Im Oakview Room, dem riesigen Glasrestaurant, saßen schon dreihundert Menschen beim Essen. In der Halle des dritten Stocks zwischen den Wettschaltern und dem Restaurant standen weitere fünf- oder sechshundert herum. Zum größten Teil Männer, die mit konzentrierter Miene die Rennblätter studierten. In der ›Saddle Bar‹, die zwischen zwei langen Reihen von Wettschaltern lag, saßen etwa fünfzig Gäste. Die Scharen ankommender Leute, die auf der Rolltreppe heraufkamen, plauderten und lachten angeregt. Dutzende hübscher Frauen in hellen Frühlingskleidern hellten das Bild auf. Dieser Moment der Erwartung, die Stunde vor dem ersten Rennen, war stets die schönste Zeit des Abends.

Obwohl die Gäste in den Tribünenhallen etwas verbissener wirkten als jene im Restaurant, war die Atmosphäre dennoch angenehm, spannungsgeladen. Die Würstchen- und Hamburgerstände machten große Geschäfte, obwohl die Preise feudaler waren als die Speisen. An allen Betonsäulen klebten Plakate, die die Gäste daran erinnerten, daß jeden Abend dieser Woche zwischen dem achten und neunten Rennen ein Los für tausend Dollar gezogen wurde.

Century Oaks hatte zwölftausend Tribünenplätze; und wenn die Größe dieser frühen Gästeschar ein Hinweis darauf war, was noch kommen würde, dann würden die meisten dieser Plätze zu Beginn des ersten Rennens besetzt sein. Auf jeden Fall war es ein überdurchschnittlich guter Abend.

*

Fünfzehn Minuten nachdem die Ergebnisse des vierten Rennens bekanntgegeben worden waren, flammte über einem Wettschalter am Westende der großen Halle vor dem Restaurant das rote Signallicht auf.

Henry Cooper war keine fünfzehn Meter entfernt. Er eilte sofort zu dem Fenster und erkundigte sich, was es gäbe.

Nur ein Gast stand am Schalter. Er war fünf Zentimeter kleiner und zwanzig Kilo leichter als Cooper. Er hatte ein rundes, blasses Gesicht, ein sehr unscheinbares Gesicht. Mit seinen langfingrigen Händen hielt er das Sims vor dem Schalterfenster umklammert, als hätte er Angst, er könnte jeden Moment in den Boden versinken.

»Was gibt's denn?« fragte Cooper die hübsche, blonde Kassierin.

Sie schob ihm einen Wettschein hin. Als Cooper ihn nahm, sagte sie: »Er ist geändert worden.«

Er sah ganz normal aus.

»Woran sehen Sie das?« fragte Cooper.

»Reiben Sie ihn mal.«

Er rieb mit den Fingerspitzen leicht über den Schein und spürte eine Veränderung in der Oberfläche, als er zur Nummer des Pferds kam.

»Sie könnten recht haben. Verdammt gute Beobachtungsgabe haben Sie.«

Sie errötete leicht und zuckte die Achseln.

»Das hier ist ein Zehn-Dollar-Fenster. Ich habe nicht so viel zu tun wie die Kassiere an den Zwei- und Fünf-Dollar-Schaltern.«

Zum erstenmal seit er an den Schalter getreten war, blickte Cooper den nervösen Mann an, der neben ihm stand.

»Das ist Ihr Schein?«

»Ja. Das heißt – nicht meiner. Nein. Ich meine –«

»Jemand hat Ihnen den Schein gegeben«, sagte Cooper.

»Er bat Sie, ihn einzulösen, da er Angestellter der Rennbahn wäre und eigentlich nicht wetten darf.«

»Ja, so war es.« Der Mann zwinkerte verwirrt.

Fälscher machten sich meistens an Frauen heran, vorzugsweise an ältere Frauen, die mütterlich und hilfsbereit wirkten. Doch dieser lammsanfte Mensch war das gegebene Opfer.

»Wo ist er?« fragte Cooper.

»Ich habe schon zu der jungen Dame gesagt, er stand drüben bei den Fernsehschirmen. Aber jetzt ist er weg. Ich weiß, das klingt absurd. Sie denken wahrscheinlich, ich lüge. Aber –«

»Ich glaube Ihnen«, unterbrach Cooper. »Das ist die übliche Methode.«

Der Mann schwitzte und hielt immer noch das Sims umklammert.

»Mein Name ist Hudson. Arthur Hudson. Ich bin ein rechtschaffener Mann.« Es klang fast so, als wollte er sich selbst überzeugen. »Nie im Leben ist mir so etwas Peinliches passiert.«

Er sah aus, als wollte er gleich in Tränen ausbrechen.

»Regen Sie sich nicht auf, Mr. Hudson«, sagte Cooper. »Man hat sich Ihrer bedient. Sie sind nicht der erste.«

»Eine Schande ist es trotzdem.«

Cooper führte ihn zu einem der Sofas bei den Monitoren. Sie setzten sich. Cooper zog ein Notizbuch und einen Kugelschreiber heraus.

»Ich brauche nur einige Auskünfte, Mr. Hudson. Dann können Sie sich wieder den Rennen widmen.«

»Ach, der Abend ist mir gründlich verdorben.«

»Aber Sie brauchen sich wirklich keine Vorwürfe zu machen. Das hätte jedem passieren können.«

Hudson blickte ihn zweifelnd an. Seine Lippen zitterten.

»Wie sah der Mann aus?« fragte Cooper.

»Er war groß«, antwortete Hudson. »Mitte Dreißig, würde ich sagen. Dunkler Teint. Gut angezogen.«

Seine Auskünfte waren präziser als die der Frau vom Tag zuvor.

»Haarfarbe?«

»Blond.«

»Augen?«

»Blau.«

»Besondere Merkmale?«

»Nun, äh – er hatte eine wie man sagt römische Nase.«

»Groß und sehr gerade?«

»Genau.«

»Sonst noch etwas? Narben vielleicht?«

»Nein.«

»Schnurrbart? Bart?«

»Glatt rasiert.«

»Langes Haar, kurzes Haar?«

»Mittellang«, antwortete Hudson. »Gut geschnitten.«

Hudson mochte lammsanft und gutmütig sein, auf jeden Fall ging er nicht mit geschlossenen Augen durch die Welt.

»Sie sagten, er war gut angezogen.«

»Ja.«

»Ist Ihnen die Farbe seines Anzugs aufgefallen?«

»Dunkel. Blau oder schwarz.«

»Hemd?«

»Blau oder weiß. Hellblau, glaube ich.«

»Gemustert?«

»Uni.«

»Die Krawatte?«

»Gestreift.«

»War sonst noch etwas an dem Mann, was helfen könnte, ihn zu identifizieren?« fragte Cooper. »Habe ich etwas vergessen?«

»Sie waren sehr gründlich«, erwiderte Hudson.

»Okay. Wir sind fast fertig. Ich hätte nur gern noch Ihre Papiere gesehen und Ihnen einige persönliche Fragen gestellt. Dann können Sie sich wieder den Rennen widmen.«

Furcht trat wieder in das bleiche, runde Gesicht. Hudson rutschte nervös auf der Sitzbank hin und her.

»Ich dachte, ich wäre nicht verdächtig.«

»Sind Sie auch nicht«, versetzte Cooper. »Aber ein Zeuge sind Sie. Wenn wir den Mann oder die Männer fassen, die diesen Schwindel aufgezogen haben, brauchen wir vielleicht Ihre Aussage.«

Hudsons Gesicht hellte sich ein wenig auf.

»Ja, natürlich. Daran habe ich nicht gedacht.«

Er öffnete seine Brieftasche und reichte Cooper seinen Führerschein und eine Kreditkarte mit seinem Foto.

Cooper schrieb sich Hudsons Adresse in Baltimore ab und gab Führerschein und Kreditkarte zurück.

»Was sind Sie von Beruf, Mr. Hudson?«

»Lehrer. Jetzt im Ruhestand.«

»Dafür sehen Sie aber sehr jung aus.«

»Siebenundvierzig«, sagte Hudson. Er wackelte wieder nervös. »Ich habe ein sicheres Einkommen aus dem Familienvermögen, wissen Sie.«

»Sind Sie allein hier?«

»Nein. Ich – äh – ich bin mit meiner Freundin hier. Wir wollen die ganze Woche bleiben. Da werden wir uns sicher noch sehen.«

»In welchem Hotel wohnen Sie?«

Hudson sagte es ihm.

»Ich rufe Sie an, falls wir Sie brauchen sollten«, meinte Cooper abschließend. »Und nun lassen Sie sich bitte von dieser Geschichte den Abend nicht verderben.«

Als Jack Killigan kurz nach Mitternacht nach Hause kam, war er recht guter Stimmung. Der Abend war ohne größere

Krisen verlaufen; die Besucherzahl hatte alle Rekorde für einen Wochentag geschlagen; der Umsatz hatte sich auf nahezu zwei Millionen belaufen; der Reingewinn war beträchtlich.

Im Schlafzimmer erwartete Rita ihn, und das hätte den Tag eigentlich angenehm abrunden sollen. Sie saß nackt auf dem Bett und sah sich eine Talk-Show an, bei der sie während ihrer Zeit in Hollywood selbst häufig zu Gast gewesen war. Im bläulich bleichen Schein des Fernsehschirms wirkte sie wie eine erotische Vision.

Während Killigan sich auszog, berichtete er ihr vom Rennen, von der Menschenmenge, von dem großen Umsatz, von seiner inspirierten Abmachung mit Agroco. Er war zufrieden mit sich und machte keinen Versuch, es zu verbergen. Sie jedoch reagierte lediglich mit einsilbigen Bemerkungen, und auch das nur, wenn er sie dazu drängte. Sie sah ihn nicht an, sondern starrte angespannt auf den Fernsehschirm.

»Das muß ja eine faszinierende Sendung sein«, bemerkte er, als er sich zu ihr aufs Bett legte.

»Wie üblich.«

»Na, dann können wir wirklich was Besseres tun.«

»Ich bin nicht in Stimmung«, sagte sie.

»Das wird sich zeigen.«

»Gar nichts wird sich zeigen.«

Er umschloß ihre Brüste mit den Händen. Sie schob ihn weg.

»Du bist ein Idiot«, sagte sie. Ihre Stimme war leise und melodisch und doch voller Zorn. »Du bist den ganzen Tag weg. Du machst dir nicht die Mühe anzurufen. Ich hocke hier herum und warte. Nicht einmal läutet das Telefon. Dann fängt das erste Rennen an. Ich weiß, daß du so spät bestimmt nicht mehr anrufst. Ich krieg' eine Stinkwut und fang' an zu trinken. Ich will nur noch trinken und auf dich warten, damit ich dir sagen kann, was für ein Stück Mist du bist. Ich hocke mich vor den Fernseher und lasse mich volllaufen. Und wenn ich mich vollaufen lasse, dann werde ich sentimental. Und als du dann endlich hereinmarschierst und es nicht mal für nötig hältst, dich zu entschuldigen – verdammt nochmal, da bin ich schon so rührselig, daß ich dir nicht mal mehr sagen kann, was für ein Dreckskerl du bist.«

Tränen rollten ihr über die Wangen.

Killigan war sprachlos. Noch nie hatte er sie weinen gesehen, niemals verletzt. Das hier war etwas ganz Neues. Wie hatte er das vorhersehen können.

»Du bist nicht der Typ, der sehnsüchtig auf einen Anruf wartet«, versetzte er, sich verteidigend. »Und ich hatte viel zu tun. Es war ein hektischer Tag, Rita.«

»Scher' dich zum Teufel.«

»Ich wollte dir nicht wehtun.«

»Ach, laß mich in Frieden«, sagte sie, immer noch auf den Fernsehschirm starrend. »Ich möchte jetzt nur noch meine Ruhe haben.«

Er packte sie bei den Schultern und versuchte, sie herumzudrehen.

»Ich entschuldige mich.«

»Wunderbar. Aber damit kommst du jetzt nicht mehr weit. Ich gehe.«

Sie sprang vom Bett auf. Er rannte ihr nach. An der Schlafzimmertür holte er sie ein. Er hob sie hoch und trug sie zum Bett zurück. Sie schrie und schlug wild um sich. Er warf sie nieder. Als er sich über sie beugte, trat sie ihm hart in den Unterleib. Er stieß einen Schrei aus und ließ sie los. Während er sich zusammenkrümmte vor Schmerz, sprang sie vom Bett, raffte ihre Sachen zusammen und hetzte aus dem Schlafzimmer.

Todmüde plötzlich ließ Killigan sich aufs Bett sinken. Er hörte, wie unten die Haustür zuschlug, wie der Motor ihres Wagens aufheulte.

Was war aus dem Tag geworden, der so vielversprechend begonnen hatte?

Er stand auf und griff nach Ritas Whiskyglas. Er füllte es mit Eis und Bourbon. Er spülte den Bourbon hinunter wie Wasser.

Vorsichtig, denk' dran, wie du dich heute morgen gefühlt hast.

Er konnte es sich nicht leisten, jeden Tag einen Kater zu haben.

»Ach, zum Teufel damit«, sagte er zum Moderator der ›Tomorrow‹-Sendung, der ihm vom Bildschirm entgegenlächelte. »Wie soll ich denn sonst schlafen?«

Er schenkte sich noch einen Whisky ein.

9

Als Ely Grimes kurz nach Mitternacht in sein Motelzimmer zurückkam, zog er sein Jackett aus, lockerte seine Krawatte und setzte sich in den einzigen Sessel. Er schlug das ›Daily Racing Form‹ auf, nach dessen Informationen er sich die Rennergebnisse dieses Abends in Century Oaks errechnet hatte und studierte sorgfältig noch einmal die Daten, über denen er am Nachmittag stundenlang gesessen hatte. Er brütete über seinen Notizen, seinen Karten, Diagrammen und Karteikarten. Er ging sehr gründlich und gewissenhaft vor, als studierte er diese besondere Karte das erstemal. Tatsächlich hatte er schon darauf gewettet. Er hatte schon verloren. Und jetzt war er entschlossen herauszufinden, warum.

Mit Überraschung stellte er fest, daß der Sieger des zweiten Rennens, Ring the Bell, von Anfang an sein Siegeskandidat hätte sein müssen. Statt dessen hatte er auf einen Gaul namens Insouciant gesetzt. Doch wenn er sein System gewissenhaft angewendet hätte – das System, das er in einem Jahr der Muße ausgearbeitet hatte –, dann hätte er Insouciant ohne langes Überlegen ausgeschaltet.

Du meine Güte, Grimes, dachte er voller Verachtung für sich selbst. Insouciant! Der verdammte Gaul hat sein letztes Rennen in einem Spurtfinish gewonnen, gegen ein gutes Feld, und deshalb hast du geglaubt, er hätte diesmal eine große Chance. Andere Faktoren sprachen auch dafür. Das Pferd hatte Ausdauer. Herz. Spurtfinish! Klar, aber schau doch mal hin, wer letztesmal der Jockey war. Joey Misakonis. Misakonis, der das Garrison-Finish bevorzugt. Man wartet ab bis zum Schluß, bleibt im Mittelfeld und auf der Geraden donnert man davon zum Sieg. Das ist echt Misakonis. Aber diesmal war der Jockey Billy Fiore. Billy treibt seine Pferde von der Startbox aus an. Er versucht immer gleich, die Führung zu übernehmen, sie auszubauen und nicht mehr abzugeben. Fiore und Misakonis: zwei Jockeys, deren Taktik berechenbar und völlig unterschiedlich ist. Grimes, du Idiot, du hättest zweihundert auf Ring the Bell wetten sollen. Kennst du denn die Regeln deines eigenen Systems nicht?

In fünf der neun Rennen des Abends hatte er verloren, nicht einmal gewonnen. Und jetzt erkannte er, daß er jedesmal hätte gewinnen können, wenn er ein bißchen sorgfältiger gewesen wäre. Das System funktionierte. Er hatte es nur nicht richtig angewendet. Aber das würde sich jetzt ändern. Er würde prüfen, prüfen und nochmals prüfen.

Seine Niedergeschlagenheit verflog. Er hatte bewiesen, daß nicht das System mangelhaft war. Menschliches Versagen allein war der Grund für das heutige Debakel gewesen. Wenn er von jetzt an genau prüfte, würde ab morgen alles bestens laufen.

Er räumte die Sachen vom Bett, zog sich aus und setzte sich mit dem zerknitterten ›Racing Form‹ ins Bett. Zum erstenmal seit er das Blatt gekauft hatte, ignorierte er die

Tabellen und las die Nachrichten auf den ersten Seiten. Als er sah, daß die Eigentümer von Magic Pitcher beabsichtigten, den Zweijährigen am Samstag laufen zu lassen, stieg seine Stimmung noch um einiges. Magic Pitcher war ein Wunderpferd, das aus einer Linie hervorgegangen war, über die Ely schon seit Jahren Buch führte. Wenn es seit Secretariat überhaupt ein Pferd gab, das Geschichte machen konnte, dann war es Magic Pitcher. Die meisten Sportberichterstatter hatten das bisher noch nicht erkannt, obwohl Magic Pitcher einige imposante Siege nach Hause getragen hatte. Auf jeden Fall würde Magic Pitcher das große Rennen am Samstag gewinnen. Immer wieder las Ely Grimes den kurzen Bericht über Magic Pitcher und träumte von seinem unfehlbaren System, mit dessen Hilfe er auf seine Weise den Krebs besiegen und Clara eine sorglose Zukunft schenken würde.

Gut drei Kilometer entfernt blickte Danny Eugen Foxen die dunkle Stallreihe von Century Oaks hinauf und hinunter. Sechs schwache Lampen im Stil antiker Kutschlaternen vermochten kaum die Schatten unter dem weit überhängenden Dach der Stallungen zu erhellen. Nichts rührte sich um diese Stunde. Nur einige TRPB-Leute waren noch unterwegs. Doch keiner dieser Burschen war in der Nähe.

Foxen beugte sich über die hüfthohe Boxentür und rief leise das Pferd im Inneren. Das Tier schnaubte und schmatzte, doch es zeigte sich nicht. Foxen rief noch einmal. Einen Augenblick später streckte Magic Pitcher den herrlichen kastanienbraunen Kopf durch die Öffnung und beschnüffelte geräuschvoll den Eindringling.

»Braver Bursche«, sagte Foxen.

Das Pferd betrachtete ihn aus großen, glänzenden, mißtrauischen Augen.

Foxen streckte ihm einen Zuckerwürfel hin.

Magic Pitcher nahm ihn und zermalmte ihn in Sekundenschnelle. Er neigte den Kopf zur Seite, als wollte er um mehr bitten. Er war, dachte Foxen, ein verdammt gutaussehender Zweijähriger. Seine Eigentümer hatten eine Viertelmillion für ihn bezahlt. Ein Rekordpreis war das zwar bei weitem nicht, doch es war zweifellos ein guter Kauf gewesen. Er war nicht das beste Fohlen der Auktion gewesen, nicht der beste Zweijährige seiner Klasse, aber er hatte seinen Eigentümern schon viel Geld eingebracht.

Foxen kramte noch zwei Zuckerwürfel aus seiner Tasche und hielt sie dem Pferd hin. Während das Tier ekstatisch kaute, holte Foxen eine Schachtel Streichhölzer aus seiner Hemdtasche. Er riß ein Holz an und schwenkte die Flamme vor dem Pferd hin und her.

Magic Pitcher reagierte sofort, wenn er auch bei weitem zu stolz war, um Panik zu zeigen. Er schüttelte den prachtvollen Kopf und rollte die dunklen Augen. Er schnaubte und wieherte leise, während er in den Stall zurückwich.

Kichernd, das Gesicht schweißnaß, schleuderte Danny Foxen das abgebrannte Streichholz weg und riß ein zweites an. Er zeichnete mit der Flamme Figuren in die Luft wie ein Kind mit einer Wunderkerze.

Magic Pitcher versuchte, noch weiter in die Box zurückzuweichen, sah, daß es nicht weiter ging, schnaubte und wieherte lauter als zuvor. Er trampelte mit den Hufen.

Foxen lachte und zündete ein drittes Streichholz an. Diesmal hielt er das brennende Hölzchen in die Box hinein und schwenkte es auf und nieder.

Jetzt geriet Magic Pitcher in Panik. Er bäumte sich auf und stieß den durchdringenden, schrillen Angstschrei des erschreckten Rassepferds aus. Er schlug aus, und seine Hufe donnerten gegen die Rückwand der Box. Innerhalb von Sekunden reagierten die Pferde rundum. Der Tumult pflanzte sich vor, der tiefe Friede in den Stallungen war zerstört.

Zitternd vor Erregung wirbelte Foxen herum und rannte die Reihe der Stallboxen entlang. Er bog in eine Gasse ein, hetzte an zwanzig Ställen vorüber, ehe er wieder abbog. Er konnte das Lärmen der Pferde noch hören und jetzt auch laute menschliche Stimmen. Kichernd stürzte er in sein kleines Zimmer im ›Motel‹ und sperrte die Tür ab.

Er ließ sich auf das schmale Bett fallen und zog die Knie bis zum Kinn hoch.

»Mann, oh, Mann!« sagte er.

Er stand auf und wanderte umher. Er nahm die Schachtel Streichhölzer aus seiner Hemdtasche und kicherte.

Er ging in die kleine Kochnische und zündete einen Gasbrenner an und hielt die Hände über die blaue Flamme wie ein Mensch, der sich wärmt. Der Schweiß rann ihm in Strömen über das braungebrannte Gesicht. Die zitternden Schauder, die seinen Körper durchzuckten wie Klangschwingungen eine Stimmgabel, erschreckten ihn und er wünschte, sie würden aufhören. Doch er konnte den seltsamen, überwältigenden, aus Freude, Furcht und Verzweiflung gemischten Gefühlsaufruhr, der in ihm brodelte, nicht stillen.

Seit fünf Jahren, seit er achtzehn geworden war, arbeitete Danny Foxen auf dem Rennplatz. Er hatte es in kurzer Zeit zum Reitknecht eines renommierten Trainers gebracht. Er besaß jene besondere natürliche Gabe, jenes undefinierbare Talent, das den erstklassigen Reitknecht von den nur guten oder durchschnittlichen unterscheidet. Seine Pferde waren im Durchschnitt weniger krank als die anderer. Weil er ein Pferd Woche um Woche jeden Tag auf die gleiche Weise abrieb, lernte er seinen Körper besser kennen als er seinen eigenen kannte. Wenn ein Pferd plötzlich bei der Abreibung zusammenzuckte, in einem Moment, wo es sonst nie zusammenzuckte, dann wußte Danny Foxen, daß etwas nicht in Ordnung war und konnte fast so schnell wie der Tierarzt feststellen, was dem Tier fehlte.

Doch zum Trainer würde er es nie bringen. Ein Trainer nämlich durfte vor allem anderen nur von einem besessen sein: von Pferden. Und von Pferden war Danny nur an zweiter Stelle besessen. Seine erste Besessenheit war Feuer.

Danny Foxen war Pyromane. Als er fünfzehn war, hatte er ein leerstehendes Haus in Brand gesteckt. Das Feuer hatte ihm das Gefühl gegeben, etwas geleistet zu haben, ein Gefühl der Macht, das er nie zuvor gekannt hatte. Mit sechzehn hatte er weitere leerstehende Häuser, ein bewohntes Mietshaus und zwei geparkte Autos in Flammen gesetzt. In den vergangenen sieben Jahren hatte er einundzwanzig weitere Brände gesetzt, und jeden einzelnen mit solcher Lust genossen wie ein Geizhals den Moment, wenn er sein Geld zählt. Seine wahnwitzige Leidenschaft war im Lauf der Jahre nicht abgeklungen, die Erregung, die der Anblick der Zerstörung auslöste, nicht ermattet.

Mehr als jedes andere Feuer jedoch erregte Danny Foxen jenes, das uneindämmbar in den Stallungen eines Rennplatzes tobte. In dem Traum, dem er sich mindestens tausendmal hingegeben hatte, hatte immer wieder das gleiche Schrekkensbild ihn in höchste Erregung versetzt. Die dunklen Dächer der Ställe, die in die Nacht hineinragten; der ruhige, friedliche Schlummer der Pferde; und dann die Spirale grauen Rauchs, die zum Nachthimmel aufstieg und den Geruch brennenden, trockenen Holzes vor sich her wehte; die ersten dämonischen, scharlachroten Flammen, die zu einem Giebel züngelten; die gellenden Schreie der eingeschlossenen Pferde; das Donnern der Hufe an die Stallwände; das Rufen und Schreien und Weinen der Männer; die tanzenden, huschenden, zuckenden Schatten voll schrecklicher Symbolik ...

Feuer ...

Feuer war das Geld, von dem Danny Foxen lebte. Die Feuer, die er entzündete, verzehrten die Wertgegenstände anderer, und irgendwie wurden diese Werte dann seine eigenen. So war es wirklich. Er hatte gründlich darüber nachgedacht. War das nicht das Wesen allen Handelns: daß ein Mensch sein Glück machte, indem er sich die Gewinne eines anderen aneignete? Das Setzen von Bränden war Dannys Arbeit, so wie es die Arbeit eines Bankiers war, Darlehen und Zinssätze auszuhandeln. Die Feuersbrünste selbst waren seine finanzielle Macht. Feuer war die Münze, die er begehrte; Flammen waren die Währung seiner inneren Welt.

Am kommenden Freitagabend, am Vorabend des großen Renntags, würde Danny Foxen zum unermeßlich reichen Mann werden. Er würde auf dem Rennplatz Century Oaks das größte Stallfeuer entfachen, das die Welt je gesehen hatte.

10

Am Dienstagmorgen fuhren Edgar Garrison und Pat Jessup nach New York, um die Waffen zu kaufen. Es war eine Fahrt voller Schweigen. Als Jessup um ein Uhr in einer Seitenstraße von Queens anhielt, hatten die beiden Männer kaum hundert Worte miteinander gewechselt.

Jessup deutete durch die Windschutzscheibe auf eine Häuserreihe auf der anderen Straßenseite.

Jenseits des mit Abfällen übersäten Bürgersteigs und einigen dürren Buchen sah Garrison ein halbes Dutzend aneinanderlehnender, heruntergekommener, zweistöckiger Gebäude. In den beiden oberen Stockwerken der Häuser befanden sich Wohnungen, im Erdgeschoß Geschäfte; eine Reinigung, ein Antiquariat, ein Herrenfriseur, ein Café und ein Schuhmacher.

»Welches ist es?«

»Die Buchhandlung«, antwortete Jessup.

Er stieg aus dem Wagen und ging über die Straße. Garrison folgte ihm.

Die alte Glastür des Ladens war durch schmale Mahagonileisten in acht Scheiben aufgeteilt. Die beiden obersten Scheiben waren mit gelben Lettern beschriftet. ›Antiquariat‹. Das Wort war durch die Mahagonileiste in zwei Teile gespalten. Innerhalb der Tür hing von der Decke eine Kordel mit Messingglöckchen, die laut bimmelten, als Jessup die Tür aufdrückte.

Vier Meter hohe Bücherregale nahmen sämtliche Wände des großen Ladenraums ein. Sie waren mit alten Groschenheften – Krimis, Science Fiction, Liebes- und Wild-West-Romanen – vollgestopft und mit Taschenbüchern, die in den letzten dreißig Jahren veröffentlicht worden waren. Auf einer Anzahl von Tischen, zwischen denen nur schmale Gänge hindurchführten, stapelten sich Tausende von Taschenbüchern und Heftchen. Der feine Schwefelgeruch verrottenden Papiers hing in der Luft.

Ein Mann im Rollstuhl fuhr ihnen durch einen der Gänge entgegen und hielt vor ihnen an. Er war Mitte Fünfzig, mit weißem Haar und weißem Bart und Augen von der Farbe verbleichender Druckerschwärze. Seine Arme waren kräftig und muskulös; doch die Beine unter der Hose waren nur Haut und Knochen.

»Tag, Pat«, sagte er. »Wer ist dein Freund?« Er hatte eine melodische Stimme. Wahrscheinlich konnte er gut singen.

»Edgar Garrison«, erwiderte Jessup.

»Freut mich, Edgar«, sagte der Krüppel. »Mein Name ist Bill McGill.« Er lächelte.

Sie schüttelten einander die Hand.

»Sie haben Glück«, sagte McGill. »Keine Kunden. Ich schließe ab, dann können wir gleich zur Sache kommen.«

Er rollte zur Tür. Nachdem er abgesperrt hatte, wendete

er den Elektrorollstuhl, drückte mit der Rechten auf einen Knopf und sauste an Garrison vorbei zu einem Lastenaufzug im Hintergrund des Ladens. Die Blätter der Hefte raschelten im Luftzug, als er an ihnen vorüberschoß.

»Kommen Sie.«

Die hintere Hälfte des riesigen Kellers war nicht anders als der Ladenraum darüber. Zehntausende alter Bücher und Hefte stapelten sich auf Regalen und in Kartons.

»Es muß ja eine Ewigkeit gedauert haben, das alles zusammenzutragen«, bemerkte Garrison, als er McGill folgte.

»Mein ganzes Leben.«

»Verdienen Sie damit wirklich Geld?«

McGill hielt vor einem Bücherregal an.

»Ungefähr zehntausend im Jahr. Ich könnte viel mehr verdienen, wenn ich es fertigbrächte, die guten Sachen zu verkaufen. Ich habe sieben komplette Sätze von ›Black Mask‹, drei davon in erstklassiger Verfassung. Fünf Sätze von ›Weird Tales‹. Die sind Tausende wert. Aber ich kann mich nicht von ihnen trennen. Diese Bücher und Hefte ... sie sind mein Leben. Ich bin seit meinem sechsten Lebensjahr ein Krüppel.«

Abrupt wandte er sich ab und rollte weiter.

Der Keller war in zwei Räume unterteilt, und im zweiten, der nach vorn zur Straße lag, verwahrte McGill seine Waffen. Zweihundert Gewehre, Flinten und andere Handfeuerwaffen waren in samtausgeschlagenen Kästen und auf Wandregalen zur Schau gestellt. Etwa dreihundert weitere Schußwaffen stapelten sich in Kartons an einer Wand. Es waren größtenteils Revolver und Pistolen, die gereinigt und repariert werden mußten. In dem Raum standen außerdem ein kleiner Schmelzofen, Kühlbehälter, in denen Metall geschmolzen und geformt werden konnte, ein Drillbohrer, eine Drehbank, eine Metallsäge und Schränke voller Werkzeuge. Die Beine aller Maschinen und Werkzeuge waren so kurz zugeschnitten, daß ein an den Rollstuhl Gefesselter bequem an ihnen arbeiten konnte.

McGill sah lächelnd zu Jessup auf und sagte: »Also, was brauchen Sie.«

»Vier Handfeuerwaffen.«

»Das ist alles?«

»Für den Anfang.«

»Revolver?«

»Man muß sie im Hosenbund tragen können.«

»Dann lieber Pistolen – Automatics.«

»Was haben Sie da?«

McGill rollte zu einer der Werkbänke, und sie folgten ihm. Er wies auf die ersten vier Pistolen in einer Reihe von achtzehn oder zwanzig.

»Wie wär's damit?«

»Sehen wie Brownings aus.«

»Richtig. Browning M-35, halbautomatic. Guter Hersteller: FN, Belgien. Es sind alte Waffen, aus dem Krieg noch, aber ich habe sie mit großer Sorgfalt repariert. Der einzige Nachteil ist das Lugerkaliber von neun Millimetern.«

»Für uns tut's das schon.«

»Gut.«

»Wie groß ist das Magazin?« fragte Jessup. »Zehn?«

»Dreizehn.«

»Bestens.«

McGill reichte Jessup eine der Pistolen. Der betrachtete sie beinahe liebevoll. Seine harten Augen wurden weich, und ein Lächeln flog über seine aufgeworfenen Lippen.

»Hübsch.«

Er reichte die Waffe an Garrison weiter. Der musterte die Pistole wesentlich weniger liebevoll als Jessup. Sie war schwerer als er erwartet hatte, gewiß an die zwei Pfund. Der Lauf war knapp zwölf Zentimeter lang. Es war eine völlig schmucklose, schlichte Waffe mit sauberen Linien und glatten Flächen, kalt und tödlich.

Er gab sie McGill zurück.

»Die Seriennummern sind sauber?«

»Es gibt keine Seriennummern«, erwiderte McGill. »Dafür habe ich gesorgt, als ich die Dinger reparierte. Nicht einmal mit dem Säuretest kann man sie zutage fördern. Jeder Lauf ist neu gebohrt. Es wird also keine Kugel dieselben Merkmale aufweisen wie jene, die aus den Waffen abgefeuert wurden, ehe ich sie bekam. Sie können ganz beruhigt sein, Pat.«

»Wir nehmen sie«, sagte Jessup.

»Munition?«

»Zwei volle Ladestreifen für jede Waffe. Und vielleicht hundert Schuß zum Üben.«

»In Ordnung.«

»Was macht das?«

McGill überlegte einen Moment. Er kraulte sich den Bart.

»Mit Munition . . . und die Arbeit gerechnet, die ich 'reingesteckt habe . . . zweieinhalb pro Stück.«

»Zweihundert.«

McGill verzog das Gesicht.

»Ich bin kein Wohltätigkeitsverein.«

»Sie haben höchstens fünfundzwanzig Dollar pro Stück bezahlt«, versetzte Jessup sauer.

»Aber ich habe einen Haufen Zeit und Mühe investiert.«

»Wir könnten Ihnen eins über den Schädel geben und mit den Dingern abhauen. Dann kriegen Sie gar nichts dafür.«

»Moment mal, Pat«, warf Garrison bestürzt ein. »Wir haben doch das Geld. *Ich* habe das Geld.«

»Schnauze«, fuhr Jessup ihn an.

Lächelnd sagte McGill: »Natürlich könnten Sie mich niederschlagen. Aber Sie würden nie wieder Waffen von mir bekommen. Sie werden doch nicht so dumm sein, die beste Quelle, die Sie haben, zu verstopfen?«

»Zweihundert«, sagte Jessup.

»Zweifünfundzwanzig.«

»Sie sind schlimmer als ein Dieb, McGill.«

»Wer im Glashaus sitzt und so weiter.«

»Also neunhundert für die vier?« fragte Jessup.

»Bar auf die Hand.«

»Abgemacht.«

Garrison klappte seine Brieftasche auf. Ihm war klar, daß der Kauf dieser Waffen gesetzwidrig war. Dafür allein schon konnte er ins Gefängnis wandern. Doch wenn er jetzt zauderte, würde der Überfall auf Century Oaks nicht stattfinden, dann würde er damit auf Reichtum und eine glückliche Zukunft verzichten. Er zählte neunhundert Dollar ab und reichte das Geld dem Krüppel. Seine Hände zitterten. Die von McGill waren ganz ruhig.

»Sonst noch etwas?« fragte McGill so gelassen, als wäre er der Verkäufer eines ganz normalen Warenhauses.

»Eine Maschinenpistole«, antwortete Jessup. »Damit die Leute gleich sehen, daß wir nicht spaßen.«

»Da hab' ich genau das richtige für Sie«, erklärte McGill und klopfte sich auf die Hemdtasche, in der er die neunhundert Dollar verstaut hatte.

»Gott im Himmel«, sagte Garrison perplex über die unbekümmerte Sachlichkeit des Krüppels. »Gibt es eigentlich etwas, was Sie nicht haben?«

»Klar«, versetzte McGill. »Mir fehlen drei Exemplare zu einem vollen Satz von ›Dime Mystery Magazine‹. Und das wurmt mich fürchterlich.«

Am Mittwochmorgen kurz vor zwei rollten Barry St. Cyrs Leute den gestohlenen Hubschrauber aus dem Hangar auf die Rollbahn. Der grau-orangefarbene Anstrich der Air

Force war in leuchtendem Gelb übermalt worden. Auf der Seite der Türen stand in dicken schwarzen Lettern ›Roto-Transport, Mineola, New York‹.

Als Savestio in den Pilotensitz geklettert war und St. Cyr sich neben ihm auf dem Platz des Copiloten niedergelassen hatte, fragte Dominick: »Gibt es wirklich eine Firma Roto-Transport?«

»Nicht, daß ich wüßte«, erwiderte Barry. »Meine Erfindung. Klingt gut, nicht?«

»Ja.«

»Okay«, sagte St. Cyr, »gehen wir die ganze Geschichte sicherheitshalber noch mal durch.«

Dominick seufzte und schüttelte den Kopf.

»Barry, ich weiß, was ich zu tun habe. Wirklich.«

»Klar, klar. Aber gehen wir's trotzdem noch mal durch. Man kann nie genau genug sein. Okay – wenn du von hier gestartet bist, fliegst du nach Südosten in Richtung –«

»Scranton.«

»Gut. Jetzt den Flugplan. Deinen Kurs. Die Geländepunkte, nach denen du dich richten mußt.«

Dominick leierte die Einzelheiten herunter.

»Okay. Wenn du eine Durchschnittsgeschwindigkeit von hundertfünf Meilen hältst, dann müßtest du in etwa vier Stunden in Scranton landen. Dort wirst du erwartet. Der Mann dort ist vertrauenswürdig. Nach Scranton mußt du selbst sehen, wie du fertig wirst.« St. Cyr klopfte ihm auf die Schulter. »Aber ich hab' noch was für dich.« Er öffnete den Reißverschluß seiner Lederjacke und brachte einen dikken braunen Umschlag zum Vorschein, den er Dominick reichte.

»Was ist das?«

»Es könnte ja was schiefgehen. Es kann passieren, daß du entkommst – aber daß einer von den anderen geschnappt wird. Und der singt dann, um die eigene Haut zu retten. Die

Bullen rücken dir auf den Pelz – deshalb hab' ich dir hier ein paar neue Papiere mitgebracht: Reisepaß, Führerschein für Ohio, Sozialversicherungskarte, Geburtsurkunde, Kreditkarten. Aber die Kreditkarten kannst du nicht benützen. Die liegen nur bei, damit die übrigen Unterlagen glaubwürdiger sind. Die Papiere sind auf Charles Amory Haney ausgestellt, Turnlehrer aus Cleveland. Haney ist ledig. Dreißig Jahre alt. Lies dir alles genau durch, ehe du die Papiere benutzt.«

»Das muß dich doch eine Stange Geld gekostet haben«, sagte Savestio.

»So schlimm war's gar nicht.«

»Aber bestimmt zweitausend.«

»Dann zahlst du's mir eben zurück, wenn alles geklappt hat.« St. Cyr streckte Savestio die Hand hin. »Du mußt los. Hals- und Beinbruch.«

»Dir auch.«

St. Cyr stieg aus dem Hubschrauber und knallte die Tür zu. Er rannte über die dunkle Rollbahn zum Hangar, drehte sich um und winkte.

Savestio schob sich die Kopfhörer über die Ohren – nicht um irgendwelche Funksprüche zu senden oder zu empfangen, sondern um das ohrenbetäubende Knattern des Motors und des Rotors auszusperren. Er schaltete die Armaturenbeleuchtung ein und musterte die Instrumente, mit denen er sich am Nachmittag vertraut gemacht hatte. Er zog den Choke und drückte auf den Starter. Die Turbine hustete, röchelte, heulte auf. Einen Fuß auf der Bremse haltend, schaltete Dominick die Hubschraube ein und gab langsam Gas. Der Helikopter erzitterte, zog nach links, wollte aufsteigen. Dominick nahm den Fuß von der Bremse und steuerte den Kaman Huskie in die mondhelle Nacht hinauf.

11

Als Edgar Garrison sich schließlich entschlossen hatte, mit Willie Denvers Hilfe das Unternehmen ins Rollen zu bringen, hatte er gefürchtet, daß die Tage unmittelbar vor dem Überfall zur endlosen Qual werden würden. Er war überzeugt gewesen, daß die Zeit zäh wie Sirup dahintropfen würde. Und mit jeder Minute würden sein Mut und seine Entschlossenheit sinken.

Doch so kam es nicht. Im Gegenteil, die Woche flog vorbei wie ein Film, den man viel zu schnell ablaufen läßt. Es machte ihm Angst.

Die Fahrt nach New York hatte den Dienstag zu einem hektischen Tag gemacht.

Am Mittwoch kehrte Lou Velinski mit der Schlüsselkarte für den Kassenraum von Century Oaks aus New York zurück. Er hatte zweitausend Dollar für die Karte gezahlt. Mittwochnachmittag und abend kam die ganze Mannschaft mit Ausnahme von Dominick Savestio zusammen, um nochmals den Plan in allen Einzelheiten durchzusprechen und in einem Wäldchen weit draußen auf Annies Grundstück mit den Pistolen zu üben.

Am Donnerstagmorgen war Dominick Savestio mit einem Mietwagen nach Harrisburg gekommen. Garrison und Annie zeigten ihm die Lichtung im Wald, wo er am Samstag mit dem Hubschrauber landen mußte. Savestio sah sich auf dem Hügelkamm gründlich um, und mit Garrisons Feldstecher, den er gleich behielt, suchte er das Fenster, wo Annie stehen und das Startsignal geben würde. Savestio brauchte vom Hügelkamm bis zur Lichtung elf Sekunden länger als Garrison. Doch er war kaum außer Atem, als er ankam. Er war ein breitschultriger, kräftiger Mann, der mehr Kraft und Ausdauer besaß, als er für seine Aufgabe brauchen würde.

Als Savestio am Nachmittag um vier wieder nach Scranton fuhr, marschierte Edgar zum Wäldchen hinaus, um noch einmal mit der Browning zu üben. Von den hundert Schuß, die McGill ihnen verkauft hatte, waren noch etwa fünfzehn Kugeln übrig. Er beabsichtigte, sie alle auf einen Pappmenschen, den er selbst gezeichnet hatte, zu verschießen.

»Ich dachte, du brächtest es niemals fertig, auf einen Menschen zu schießen«, sagte Annie.

»Wahrscheinlich bringe ich es auch nicht fertig. Aber wenn, dann möchte ich auch treffen.«

Er tötete den Pappmenschen dreimal, verwundete ihn fünfmal und verfehlte ihn siebenmal.

Wenn er lebendig wäre und eine Waffe hätte, dachte Edgar, dann wäre ich jetzt siebenmal tot.

Später aßen er und Annie dicke Steaks mit gebackenen Kartoffeln und frischem, grünem Salat. Er hatte einen ungeheuren Appetit. Die Henkersmahlzeit?

Sie gingen bald zu Bett und sie liebten sich, und er wußte, daß er das Erlebnis der Liebe niemals tiefer und intensiver empfunden hatte. Als er ihr in die großen Gazellenaugen blickte, meinte er erkennen zu können, daß sie ebenso aufgewühlt war wie er.

Die Uhr auf dem Nachttisch zeigte ein Uhr am Freitag morgen, als sie das lange Schweigen brach und sagte: »Glaubst du, daß es so etwas wie Ganovenehre gibt?«

»Was meinst du damit?«

»Können wir ihnen trauen?«

»Aber natürlich«, versetzte er.

»Wir sind Amateure.«

»Du traust Willie doch, oder nicht?«

»Willie, ja.«

»Und Lou.«

»Ja.«

»Savestio scheint mir ein ausgesprochen weicher, gutmütiger Mensch zu sein.«

Sie drehte sich auf die Seite und schmiegte sich an ihn.

»Und Jessup?«

»Dem können wir trauen.« Doch sein Mund war plötzlich trocken. Er war froh, daß es dunkel war im Zimmer und sie sein Gesicht nicht sehen konnte. Er dachte daran, wie Jessup den Krüppel bedroht hatte . . .

»Aber *ich* traue ihm nicht.«

»Er hat Dutzende von Raubüberfällen gemacht«, sagte Edgar. »Und er hat seine Komplicen nie umgebracht.«

»Soweit uns bekannt ist.«

»Willie und Lou würden es wissen. Wenn Jessup nicht vertrauenswürdig wäre, würden sie nicht mit ihm zusammenarbeiten. Und glaubst du, er könnte dich oder mich umbringen, ohne daß Willie und Lou ihn fertigmachen?«

Sie ließ sich das durch den Kopf gehen.

»Nun?«

»Es wird uns wohl nichts anderes übrigbleiben als ihm zu trauen.«

»Es ist für alle genug Geld da.«

»Er ist mir unheimlich.«

»Nach Samstag siehst du ihn nie wieder.«

»Gott sei Dank.«

»Wir können immer noch zurück.«

»Nein«, sagte sie. »Es ist nur – ich möchte dich nie verlieren.«

Er räusperte sich. »Uns passiert bestimmt nichts«, sagte er heiser. Er dachte an die vier toten Männer auf der Granittreppe vor der Bank . . . Und er dachte an seine tote Frau, Helen, wie sie röchelnd und um Atem ringend unter dem Sauerstoffzelt gelegen hatte, das Gesicht so weiß wie ein Fischbauch . . . »Nichts«, wiederholte er. »Jetzt sind wir dran. Es geht bestimmt alles gut.«

*

Jessup lag nackt auf dem Motelbett. Die nervöse Energie, die sich jedesmal vor einem großen Coup in ihm aufstaute, war noch immer nicht ganz verbraucht. Als die langbeinige Brünette aus dem Bad trat, sagte er: »Komm her.«

Sie blieb wie angewurzelt stehen.

»Komm her!«

»Was! Schon wieder?«

»Ich hab' dir fünfhundert Dollar gegeben«, sagte er. »Du hast sie noch nicht ganz verdient.«

»Ich komm' mir vor wie neunzig.«

Er lächelte. »Wir machen weiter bis du auch so aussiehst.«

Sie kam zum Bett. Ihre Brüste wippten auf und nieder.

»Braves Mädchen. Leg' dich hin.«

Seufzend streckte sie sich neben ihm aus. Er drückte ihre Beine auseinander und nahm sie ohne Präliminarien, mit einer Brutalität, die das Wesen des Akts selbst verwandelte. Er liebte mit einer grausamen Roheit als prügelte er einen Menschen mit seinen Fäusten zu Tode.

Als er von ihr herunterrollte, blieb sie minutenlang leise wimmernd liegen. Dann glitt sie vom Bett und stand auf. Sie ging zum Stuhl und nahm ihr Höschen.

»Was machst du da?« fragte er.

»Ich gehe.«

»So siehst du aus.«

»Ich gehe«, wiederholte sie mit zitternden Lippen.

Er sprang auf.

»Komm' mir ja nicht zu nahe.«

»Du gehst nicht.«

»Ich hab' mir die gottverdammten fünfhundert Dollar mehr als verdient.« Sie fröstelte, als wäre es kalt im Zimmer.

»Ein Schritt zur Tür, und ich schlag' dich grün und blau«, sagte er und ballte die Fäuste.

Sie starrte ihn an.

»Vielleicht bring' ich dich sogar um.«

»Oh, Gott!«

»Hier bin ich Gott«, sagte er.

Tränen traten ihr in die Augen.

»Aber, aber«, sagte er spöttisch.

Sie ließ das Höschen fallen und wischte sich die Tränen aus den Augen. Sie richtete sich kerzengerade auf und versuchte, das Zittern ihres Körpers unter Kontrolle zu bringen.

»Äh – wie wär's mit einem Drink?« fragte sie mit einem strahlenden Lächeln.

»Gute Idee.«

Sie machte sich mit Flaschen und Gläsern zu schaffen.

Er setzte sich aufs Bett und sah ihr zu. Als sie ihm über die Schulter hinweg einen Blick zuwarf, lächelte er. Sie wandte rasch den Kopf, und er lachte laut. Dieses Biest! Er würde ihr beweisen, daß sie nicht einfach auf und davon gehen konnte.

Morgen abend würde er sich eine andere holen. Eine Blondine. Nette Abwechslung. Die würde er auch fertigmachen. So war er immer, vor einem großen Coup wie aufgezogen. Und er mußte diese innere Spannung loswerden, wenn er bei der Arbeit ruhig und kühl sein wollte.

Diesmal war er noch nervöser als sonst. Die Sache mit Century Oaks war kompliziert und schwierig. Alles Mögliche konnte schiefgehen. Und selbst wenn alles glattlief, konnte er auf der Lichtung in Schwierigkeiten kommen. Wenn er versuchte, die anderen mit der Maschinenpistole umzulegen ... Wenn er um den ganzen Einsatz spielte ... Er wurde starr vor Anspannung, wenn er nur daran dachte.

Nie zuvor hatte Jessup versucht, aufs Ganze zu gehen. Er hatte sich stets mit seinem Anteil zufriedengegeben. Er war seinen Komplicen gegenüber immer fair gewesen. Er wußte, wenn er sich nicht an die Abmachungen hielt, würde sich das mit Windeseile herumsprechen. Kein Mensch würde dann mehr mit ihm zusammenarbeiten wollen. Folglich hatte sich in der Vergangenheit Zuverlässigkeit immer bezahlt gemacht.

Doch bei Century Oaks lagen die Dinge anders. Zwei Millionen insgesamt. Vielleicht mehr. Das war genug, um fortan die Hände in den Schoß legen zu können. Er würde von den Zinsen leben können, ohne das Kapital überhaupt angreifen zu müssen.

Zwei Millionen!

Das war sechs Morde wert: Denver, Velinski, Greenfield, Savestio, Garrison und die kleine Sherred.

12

Am Freitag erwachte Jack Killigan wie an jedem Morgen dieser Woche mit einem entsetzlichen Kater. Er war schweißgebadet. Sein Kopf dröhnte. Sein Magen war wie ausgehöhlt.

Er sah auf die Uhr. Zehn nach elf.

»Du lieber Gott!« Seine Stimme war ein tierisches Krächzen.

Um Viertel nach zwölf rief er Molly Barnes an.

»Wie ist der Wetterbericht?«

»Bewölkt«, sagte sie. »Warm. Keine Niederschläge.«

»Ausgezeichnet. Ich komme heute etwas später.« Er war sicher, daß man seiner Stimme jetzt nichts mehr von dem Kater anhörte. »Ich habe Verschiedenes zu erledigen.«

»Hier ist sowieso nichts los«, erwiderte sie. »Wann ungefähr werden Sie da sein?«

»Gegen zwei.«

Er trank frischen Kaffee und nahm nochmals zwei Tabletten.

Um ein Uhr rief er das Gestüt Janifer an und fragte nach Rita.

»Miss Janifer ist nicht im Haus, Mr. Killigan«, sagte das Mädchen. »Kann ich ihr etwas ausrichten?«

»Wann erwarten Sie sie zurück?«

»Ich habe keine Ahnung.«

»Wo kann ich sie erreichen?«

»Sie hat nicht hinterlassen, wohin sie wollte, Sir.«

Quatsch, dachte er.

»Aha«, sagte er.

»Kann ich ihr etwas ausrichten?«

Sein Magen brannte von zuviel Kaffee und zu vielen Tabletten. Er hatte immer noch Kopfschmerzen.

»Ich habe die ganze Woche Nachrichten für sie hinterlassen«, sagte er.

Er fühlte sich gedemütigt.

»Ja, Sir«, antwortete das Mädchen unverbindlich.

»Hat sie sie bekommen?« beharrte er.

»Ich habe ihr persönlich die Nachrichten überbracht, Mr. Killigan«, erklärte das Mädchen.

»Aber sie hat nicht zurückgerufen.«

»Nein, Sir.« Die Stimme war ausdruckslos.

Er seufzte. »Okay. Richten Sie ihr aus – haben Sie einen Zettel und Bleistift da?«

»Ja, Sir.«

»Richten Sie ihr aus, daß das Gras in meinem Garten hoch ist, fast wie ein Federbett. Ich möchte wissen, ob ich es mähen oder stehenlassen soll.«

Endlich schlich sich eine Gefühlsregung in die Stimme des Mädchens – Neugier.

»Wörtlich, Sir?«

Er lächelte. »Ja, wörtlich.«

»In Ordnung, Sir. Ich werde es Miss Janifer ausrichten, sobald sie nach Hause kommt.«

»Tun Sie das.«

Er legte auf.

Seit jener Nacht von Montag auf Dienstag, seit jener häßlichen Szene in seinem Haus, war Rita für ihn unerreichbar gewesen. Wenn er angerufen hatte, hatte sie sich durch die Angestellten ihres Vaters verleugnen lassen. Keinen seiner Anrufe hatte sie erwidert.

Das Schlimmste daran war, daß er ohne sie nur ein halber Mensch war. Als sie eine Woche zuvor aus Kalifornien zurückgekehrt war – als er sie nach fast zwei Jahren zum erstenmal wiedergesehen hatte –, hatte er sofort gewußt, daß das alte Verlangen sie noch aneinander fesselte. Doch er hatte geglaubt, daß es unmöglich so tief und brennend sein konnte, wie es einmal gewesen war. Innerhalb von zwei Tagen jedoch hatte sie es fertiggebracht, das Jahr der Trennung auszulöschen, und alles war so geworden wie es früher gewesen war. Sein ganzes Leben drehte sich um Rita, nie lebte er so intensiv wie wenn sie bei ihm war. Sein Verlangen wurde zur Besessenheit.

Wahnsinn?

Er wußte nicht, was er dagegen tun sollte.

Er wußte, daß sie Gift für ihn war. Er wußte, daß sie ihn eines Tages zerstören würde. Und dennoch brauchte er sie wie die Luft zum Atmen.

Er versuchte, sich klarzumachen, warum.

Es gelang ihm nicht.

Das einzige Mittel, das den Schmerz über die Trennung von ihr lindern konnte, war der Bourbon. In den letzten drei Tagen hatte er den Ablauf der Stunden mit Whisky gemessen. Der Schmerz klang dann ein wenig ab.

Wegen des Bourbon war er nicht mehr fähig, so scharf und schnell zu denken wie in den letzten Monaten. Er brauchte mehr Zeit, um die täglichen Probleme auf der

Rennbahn zu meistern. Zwei-, dreimal hatte er sogar bei kleineren, aber wesentlichen Entscheidungen versagt.

Doch er konnte nicht aufhören zu trinken.

Henry Coopers Gesicht war auffallend bleich. Dunkle Ringe lagen unter seinen Augen.

Er bemerkte Killigans forschenden Blick und sagte: »Ich habe eine Menge Zeit für diesen Fälscher geopfert.«

»Wann fängt Ihre Schicht an?« fragte Killigan.

»Um sechzehn Uhr.«

»Und um welche Zeit sind Sie in den letzten Tagen zur Arbeit gekommen?«

»Neun, zehn.« Er wollte kein Lob. Er beantwortete nur die Frage. »Und meistens bin ich bis Mitternacht hier.«

Killigan, der wußte, daß Cooper nicht der Mensch war, der mitleidige Teilnahme wünschte, schüttelte nur den Kopf.

»Das ist ja die Arbeitszeit eines Managers.«

Cooper lächelte.

»Und was haben Sie herausgefunden?«

Das Lächeln erlosch. »Nicht viel. Wir haben es mit einem cleveren Burschen zu tun. Montagabend nach dem vierten Rennen sind wir auf ein weiteres unschuldiges Opfer dieses Kerls gestoßen, einen Lehrer aus Baltimore. Er wollte an der Kasse einen Wettschein einlösen. Er hat mir eine ziemlich gute Beschreibung des Mannes gegeben. Ich habe sie abziehen und verteilen lassen.«

»Ohne Erfolg?«

»Genau.«

»Sie sind sicher, daß er nicht Leine gezogen hat?« fragte Killigan.

»Ganz sicher. Ich habe sechs Leute, die die Sache mit mir bearbeiten. Ich habe sie sämtliche Gewinnzettel von den letzten drei Abenden durchgehen lassen.«

Verblüfft riß Killigan die Augen auf.

»Ja, das sind eine Menge Wettscheine, ich weiß. Tausende jeden Abend. Aber sechs Leute schaffen es schneller als man denkt.«

Killigan hatte sich ein wenig erholt von seiner Verblüffung.

»Ja, und mit Zwei-Dollar-Wettscheinen wird sich ein Fälscher wohl kaum abgeben. Da genügt es, wenn sie die höheren Gewinnscheine prüfen, nehme ich an.«

Cooper nickte. »Außerdem haben wir einen Wassertest entwickelt, der die Sache beschleunigt.«

»Einen Wassertest?«

»Wir haben festgestellt, daß die Tinte, die er benützt, nicht so wasserbeständig ist wie die reguläre Tinte auf den Wettscheinen. Wenn man einen echten Gewinnschein eine Minute lang in eine Schüssel warmes Wasser legt, fängt er an, sich aufzulösen – aber die Tinte verwischt nicht. Bei den gefälschten Scheinen läuft die Tinte innerhalb von dreißig Sekunden.«

Killigan beugte sich vor.

»Dann müssen Sie wissen, wieviel er bis jetzt an uns verdient hat.«

»Wir haben wahrscheinlich einige Scheine übersehen«, versetzte Cooper bescheiden, »aber wir können eine ziemlich gute Schätzung machen.«

»Heraus mit der schlechten Nachricht.«

»Dienstagabend haben wir keine Fälschungen entdeckt«, erklärte Cooper. »Aber am Mittwochabend hat unser Mann vierundzwanzig Fünf-Dollar-Scheine, vierzehn Zehn-Dollar-Scheine und sieben Fünfzig-Dollar-Scheine untergebracht. Unser Verlust beläuft sich auf knapp achttausend Dollar.«

»Heiliges Kanonenrohr!«

»Ja, mit Lapalien scheint er gar nicht erst anzufangen«, meinte Cooper betrübt.

»Und Donnerstagabend?« fragte Killigan.

»Gestern abend hat er insgesamt vierzehntausend gemacht.«

»Um Gottes willen!«

»Sie sagen es.«

Killigan stand auf und trat zu der kleinen Bar im Bücherschrank.

»Möchten Sie etwas? Ich trinke immer einen vor dem Abendessen. Das macht Appetit.«

»Ich würde gern einen nehmen«, antwortete Cooper. »Aber in meiner Verfassung ist das wahrscheinlich nicht ratsam.«

Killigan schenkte sich den vierten Bourbon des Tages ein. Dann kehrte er zu seinem Sessel zurück.

»Was glauben Sie«, fragte er, »wieviel dieser Bursche diese Woche an uns verdient hat?«

»Für Sonntag und Montag haben wir keine Zahlen. Am Dienstag hat er aus irgendeinem Grund einen Ruhetag eingelegt. Doch wenn wir davon ausgehen, was wir über Mittwoch und Donnerstag wissen, würde ich sagen, daß er uns an die vierzigtausend gestohlen hat.«

Bis zu diesem Moment hatte Killigan in dem Fälscher einen kleinen Gauner gesehen, den man zwar fassen und unschädlich machen mußte, der aber der Rennbahn keinen ernstlichen Verlust beibringen konnte. Jetzt sah die Sache anders aus.

»Wenn er heute abend und morgen noch einmal zwanzigtausend einstreicht, hat er uns in einer Woche sechzigtausend Dollar gestohlen. Das ist untragbar!«

Cooper nickte.

Ein Unterton der Verzweiflung lag in Killigans Stimme, als er fragte: »Sie glauben, daß er weitermachen wird?«

»Bestimmt. Ich hoffe allerdings, daß der Erfolg ihn leichtsinnig machen wird. Ich vermute, daß er vor lauter Wonne versuchen wird, noch mehr herauszuschlagen und daß er dann zu weit gehen wird. Ich bin überzeugt, daß er spätestens morgen einen Fehler machen wird.«

»Ich kann nur hoffen, daß Sie recht haben«, sagte Killigan.

»Wir fassen ihn«, versicherte Cooper ruhig.

Als Killigan um sechs Uhr duschte, machte er daraus nicht das angenehme Ritual wie sonst. Automatisch wie ein Roboter kleidete er sich aus, stellte sich unter die Dusche, zog sich frische Sachen an.

Er fragte sich, ob seine letzten Fehler wirklich die ersten waren, die er begangen hatte, seit er Century Oaks übernommen hatte. Vielleicht hatte er von Anfang an alles verpfuscht, von dem Moment an, als er beschlossen hatte, aus Century Oaks eine Rennbahn zu machen, die sich mit den berühmtesten des Landes messen konnte. Er hatte sich nicht mit einem bescheidenen Gewinn zufriedengeben wollen. Er hatte danach gelechzt, mit Hialeah, Churchill Downs, Aqueduct, Belmont in Konkurrenz zu treten, das große Geld zu machen. Doch er hatte vergessen, daß mit dem großen Geld auch die großen Probleme kamen.

Und unaufhörlich dachte er an Rita. Sie mußte seine Nachricht vor Stunden erhalten haben, aber sie hatte seinen Anruf nicht erwidert.

Um halb sieben trank er seinen fünften Bourbon.

Um sieben Uhr hatte er den sechsten ausgetrunken.

Als er um fünf vor zehn den ›Horsemen's Club‹ im vierten Stock betrat, war er fast zuversichtlicher Stimmung. Das Restaurant war fast voll besetzt, die Gäste schienen sich gut zu unterhalten.

Und Rita war da.

Sie saß an dem Tisch, der immer für ihren Vater reserviert war. Sie sah atemberaubend aus in dem langen, tief ausgeschnittenen Kleid, das so schwarz und glänzend war wie ihr Haar. Sie blickte zum Eingang hin, als wartete sie ungeduldig auf jemanden. Als sie Killigan sah, winkte sie.

Mit einem törichten Lächeln ging er zu ihr.

»Bist du mit deinem Vater hier?«

»Nein. Allein.« Sie lächelte ihn an. »Setz' dich doch eine Weile. Oder steckst du bis über beide Ohren in Geschäftsführerarbeit?«

Ihre Stimme klang glücklich, keine Spur von Feindseligkeit schwang in ihr.

»Es gibt nicht viel zu tun«, erwiderte er. »Ich sitze eigentlich nur meine Zeit ab. Wir können uns die letzten vier Rennen zusammen ansehen, wenn du magst.«

»Ich mag.«

Er setzte sich. Sie winkte dem Kellner.

»Zwei Bourbon auf Eis«, sagte sie.

»Auf Rechnung des Hauses«, sagte Killigan zum Kellner.

Seine rechte Hand lag auf dem Tisch. Sie legte ihre linke darüber und drückte leicht seine Finger.

»Wegen neulich abend –« begann er.

»Pscht«, sagte sie. »Gleich fängt das Rennen an. Ich hab' zweihundert gesetzt auf ›Fancy Dancer‹.«

Es wurde mucksmäuschenstill im Raum, als der Ansager verkündete, daß die Pferde in den Boxen stünden. Dann klirrte eine Glocke. Die Stille im Raum wurde plötzlich von der lauten Stimme des Ansagers zerrissen, der unaufhörlich die Positionen der Pferde herausbrüllte. Fancy Dancer führte. Er lag bis zur Zielkurve vorn. Doch in der Geraden ließen seine Kräfte nach. Das Feld donnerte heran. Fancy Dancer verteidigte mit knapper Not den dritten Platz.

Obwohl Rita nur auf Sieg gewettet hatte, schien der Verlust sie nicht zu erschüttern. Sie nahm das Programm und studierte die Meldungen für das siebte Rennen.

Der Kellner brachte die Drinks.

»Rita, wegen neulich abend«, begann Killigan wieder, als sie allein waren.

»Vergiß es«, sagte sie, ohne vom Programm aufzublicken. Sie lächelte leicht. In ihrem schönen Gesicht war keine Feindseligkeit. »Ich hab' mich kindisch benommen.«

»Ich vielleicht auch.«

»Nein.«

»Ich finde, ich sollte mich –«

»Ich hab' gesagt, vergiß es«, unterbrach sie ihn gereizt.

Er konnte nicht klug werden aus ihr. Wenn sie am Dienstag wirklich so gekränkt und verletzt gewesen war, wie konnte sie dann jetzt einfach vergeben und vergessen? Er hätte gern eine Erklärung gehabt, doch er verlangte sie nicht.

Sie lachte plötzlich. »Hier habe ich einen todsicheren Tip.«

»Was denn?«

Sie deutete auf den letzten Namen auf der Programmseite.

»Nummer acht im nächsten Rennen. Er heißt ›Jack's Pläsir‹.«

»Jack's Pläsir.«

Sie lächelte spitzbübisch. »Das bin ich. Jack's Pläsir.«

Er drückte leicht ihren bloßen Arm. »Ja, auf dich würde ich jederzeit setzen.«

Sie nahm drei Hundert-Dollar-Noten aus ihrer Handtasche. »Auf Sieg und auf Platz.« Sie hielt ihm die offene Hand hin. »Beweis' deinen Glauben an mich mit etwas Bargeld.«

Er gab ihr einen Zwanzig-Dollar-Schein.

»Auf Sieg?«

»Natürlich.«

Sie stand auf. »Ich bin gleich wieder da.«

Jack's Pläsir war ein Vierjähriger, der seit zehn Rennen nicht mehr gewonnen hatte. Zwei Wochen zuvor war er in

Bowie mit einem Rückstand von dreiundvierzig Längen auf den Sieger eingelaufen. An diesem Abend siegte er in einem Kopf-an-Kopf-Finish.

Das war ein Omen, sagte sich Killigan.

Nach dem Sieg von ›Jack's Pläsir‹ war der Abend eitel Freude und Sonnenschein. Sie lachten viel. Sie tranken noch zwei Whiskys. Sie flirtete mit ihm wie ein Schulmädchen.

Nach dem letzten Rennen tranken sie in seinem Büro noch einen Bourbon, während sie auf die Umsatzzahlen warteten.

Kurz vor Mitternacht waren die ersten Zahlen da. Fast fünfzehntausend Menschen hatten das Rennen besucht. Ein neuer Rekord war gebrochen. Der Umsatz belief sich auf die unglaubliche Summe von 2,8 Millionen.

»Du hast es geschafft«, sagte Rita.

»Ich hoffe nur, das Glück bleibt mir hold.«

»Du hast es ihnen gezeigt«, sagte sie vergnügt.

»Wem?«

»Farley, Mitchell und Demlinson.«

»Wieso habe ich es ihnen gezeigt?«

»Das waren die drei einzigen, die gegen deine Einstellung gestimmt haben«, erklärte sie. »Demlinson meint, du bist ein Trinker. Die beiden anderen halten dich einfach für untüchtig. Papa hat dir die Stange gehalten. Die anderen sechs auch. Und jetzt hast du den drei Miesmachern gezeigt, daß sie sich geirrt haben.«

Leicht erschüttert von dieser Enthüllung goß er den Rest seines Drinks hinunter. Dann beschloß er abrupt, sich von Farley, Mitchell und Demlinson nicht die Laune verderben zu lassen. Sie hatten sich ja wirklich geirrt. Alles lief prächtig. Ein Umsatz von fast drei Millionen an diesem Abend. Seine Pläne, sein Werbeprogramm hatten sich als richtig erwiesen.

Als er die Gläser ausgespült hatte, sagte er: »Kommst du mit mir nach Hause?«

Sein Mund war trocken, als er die Frage stellte.

»Was sonst?« versetzte sie und rutschte von seinem Schreibtisch. Sie schwankte ein wenig und kicherte.

»Was ist denn?«

»Ich glaub', ich bin blau.«

»Du bist wunderbar.«

»Das auch. Aber blau.«

Er nahm sie in die Arme und küßte sie.

Um zehn vor eins hielten sie vor dem Haus an. Sie entwand sich ihm, als er sie ins Schlafzimmer hinaufziehen wollte. Sie eilte in die Küche zum Kühlschrank.

»Ich war heute nachmittag schon hier. Ich habe eine Flasche Wein kaltgestellt.«

Sie hielt eine grüne Flasche hoch.

»Ich hab' eine Menge Bourbon getrunken«, versetzte er.

»Na und?«

»Durcheinander trinken ist nicht gut.«

»Das ist doch ein Ammenmärchen.«

»Meiner Erfahrung nach nicht.«

Sie schmollte. »Es ist doch nur eine Flasche. Und wir teilen sie brüderlich.«

»Das ist trotzdem zuviel«, gab er heiser zurück.

»Außerdem ist es Asti Spumante, ein Dessertwein.«

Er streckte die Arme nach ihr aus. »Ich dachte, das Dessert wärst du.«

»Nur zum Teil.« Sie wich ihm aus. »Sei doch kein Spielverderber, Jack.«

Er wußte, daß er betrunken war. Morgen würde er wieder völlig verkatert sein. Wenn er jetzt noch den Wein trank, würde er vielleich überhaupt nicht auf die Beine kommen. Morgen war der große Tag. Nur noch Stunden entfernt. Morgen vormittag fand eine Besprechung mit dem Aufsichtsrat statt. Es gab tausend Probleme, die er zu bewältigen hatte. Er mußte morgen frisch sein.

»Du bist wirklich ein Spielverderber«, sagte sie und öffnete den Kühlschrank, um die Flasche wieder hineinzustellen.

»Warte«, sagte er.

Sie blickte ihn erwartungsvoll an.

Weshalb war er so kleinmütig? Hatte er nicht Anfang der Woche die Sache mit Agroco glänzend gemeistert? Selbst Farley, Mitchell und Demlinson hatten ihm gratuliert. Was für eine Rolle spielten da ein paar kleine Fehler? Jeder machte einmal einen Fehler. Und wenn der Fälscher immer noch am Werk war – nun, den würde Cooper morgen schon fassen. Er hatte es ihm ja praktisch versprochen. Es würde vielleicht einige Überraschungen geben, einige unerwartete Krisen, aber mit denen würde er im Schlaf fertigwerden. Warum war er den ganzen Tag so deprimiert gewesen? Weshalb hatte er sich eingebildet, es ginge bergab? Der Bourbon hatte doch im Grund gar keine Wirkung auf ihn. Keiner sah es ihm an, wenn er betrunken war. Er war gut in seinem Fach. Er konnte jede Krise meistern. Er konnte jedes Problem lösen. Das größte Problem hatte er ja schon gelöst: Rita war wieder bei ihm. Alles würde gut werden.

»Nun?« sagte sie.

»Ich hole zwei Gläser.«

»Zum Dessert«, sagte sie.

»Mit allem was dazugehört.«

Sie gingen nach oben. Der Wein schmeckte nach Aprikosen. Er trank ihn zu schnell. Ständig schien sie ihm nachzuschenken.

Der dämmrige Schein der Nachttischlampe tauchte ihren Körper in einen samtigen Schimmer.

»Du bist wunderschön«, sagte er.

Sie sanken aufs Bett und liebten sich. Ihre langen Fingernägel gruben sich in sein Fleisch. Er spürte kaum den Schmerz. Sie wand sich unter ihn, sie stöhnte und zuckte . . .

Dann schob sie ihn weg und sagte: »Anders jetzt.«

»Wie?«

»Ich oben.«

»Das hab' ich immer schon gern gehabt.«

Zuerst tranken sie mehr Wein.

Als sie über ihm war, sich auf ihm auf und nieder bewegte, fingen seine Augen an, ihm Streiche zu spielen. Einmal war sie nur noch eine verwischte, dunkle Form, dann wieder sah er sie klarer, schärfer, wirklicher als er sie je zuvor gesehen hatte. Als er auf ihre Brüste starrte, schienen sie anzuschwellen wie zwei sich blähende, körperlose Ballons, die ihn zu ersticken drohten. Er hob die Hände, sie zurückzustoßen. Der Alptraum verflog. Ihre Brüste waren groß, aber entschieden nicht riesenhaft, nicht größer als sie zuvor gewesen waren. Vor seinen Augen verwischten sich die Konturen der Dinge. Ihm schwamm der Kopf. Er fühlte sich leicht, fast schwerelos. Der sanfte Schein der Lampe war jetzt zu einem Feuerwerk glühender Farben geworden: Rot, Gelb, Orange, Grün, Blau, Lila, Rosarot. Gleißende Lichtschlangen huschten und tanzten um das Bett ...

»In dem Wein muß etwas drin sein«, sagte er in einem flüchtigen Moment der Klarheit.

»Ich möchte heute weit, weit fort gehen«, sagte sie. »Weiter, als ich je gewesen bin.«

»Was soll das heißen?«

»Ich hab' was reingetan.«

Er war entsetzt.

»Ein paar Tabletten«, sagte sie. »Nur ein paar Tabletten«, sang sie. »Nur ein paar Tabletten ...«

»Was, Rita?«

»Hauptsächlich LSD.«

»Hauptsächlich?«

»Und ein paar Aufputschmittel.«

»Wieviel?«

»Keine Ahnung.« Sie grinste. Ihre Zähne waren so groß wie Grabsteine.

Sie ist ja wahnsinnig, dachte er. Wahnsinnig.

Als sein Samen sich in sie ergoß, schien das Bett zu weichem, weißem Schaum zu werden. Er sank hinein. Meilenweit. Tief, tief hinunter in strahlendes Licht und das gurrende Lachen einer Frau.

Stunden – oder vielleicht nur Minuten – später, sagte sie: »He, steh' auf.«

Die Wände des Zimmers rückten näher und entfernten sich wieder im gleichmäßigen Rhythmus eines schlagenden Herzens.

»Was ist?« fragte er.

»Zieh' dich an«, sagte sie und zerrte an seinem Arm. »Ich will spazierenfahren. Komm schon.«

»Spazierenfahren? Wohin denn?«

»Das können wir uns überlegen,wenn wir dort sind.« Sie kicherte.

Verwirrt, von Halluzinationen bedrängt, mit wild hämmerndem Herzen schlüpfte er in seine Sachen und ging mit ihr nach unten. Er ging mit ihr zum Wagen hinaus, setzte sich hinter das Steuer, starrte verständnislos auf die Armaturen, ließ schließlich den Motor an und fuhr los.

Am Freitagnachmittag, als er zwei Stunden frei hatte, fuhr Danny Eugen Foxen mit seinem Mustang zum Supermarkt. Er kaufte sechs Laib Brot, eine große Tüte Kartoffelchips, zwei Beutel Salzstangen, einen Beutel Bonbons und vier große Rollen Papiertücher. In seinem Wagen nahm er die Sachen aus den braunen Tüten und legte sie in zwei tiefe Kartons, die er vor mehreren Wochen bei einem Spirituosengeschäft mitgenommen hatte. Dann besorgte er in einem Autozubehörgeschäft zwei Benzinkanister, die er anschließend an der nächsten Tankstelle auffüllen ließ.

Er fuhr schließlich zum riesigen Parkplatz eines Einkaufszentrums, parkte in einer Ecke, wo keine anderen Wagen standen und holte die Benzinkanister aus dem Kofferraum. Er legte die Kanister in die großen Kartons auf dem Rücksitz seines Wagens, verteilte die Sachen, die er im Supermarkt gekauft hatte, darüber und fuhr wieder ab.

Zwanzig Minuten später fuhr er am Angestelltenparkplatz von Century Oaks vorüber zum hinteren Tor.

»Einkäufe gemacht«, sagte er zu dem Posten, der dort stand.

Der Mann warf einen flüchtigen Blick auf den Rücksitz. Er kannte Foxen und hatte keinen Anlaß ihm zu mißtrauen.

»Okay, Danny.«

Foxen hielt den Wagen vor der Tür zu seinem kleinen Apartment an und trug die beiden Kartons hinein. Dann fuhr er den Mustang auf den Parkplatz. Als er wieder in seinem Zimmer war, packte er die Benzinkanister aus.

Er zog Handschuhe über und rieb jeden Zentimeter der beiden Kanister mit einem Waschledertuch ab. Das TRPB hatte über jeden Angestellten der Rennbahn ein Dossier mit Foto und Fingerabdrücken. Es war möglich, daß das Feuer Fingerabdrücke auf den Kanistern vernichten würde. Er kannte sich in solchen Dingen nicht aus. Aber er wollte nichts riskieren.

Nach einem kurzen Nickerchen mistete er einige Boxen aus. Er rieb zwei Pferde ab und machte zwei andere für das Rennen fertig. Da keines seiner Pferde nach dem sechsten Rennen lief, war er lange vor Mitternacht mit seiner Arbeit fertig und wieder in seinem Zimmer.

Er war zu aufgedreht, um zu essen. Er setzte sich in den Schaukelstuhl und dachte an das Feuer. Er grinste so verbissen, daß sein Gesicht schmerzte.

Um ein Uhr morgens streifte Danny wieder seine Handschuhe über und fertigte zwei Feuerbomben. Er öffnete die

Gießer der Benzinkanister. In jede Öffnung schob er ein Stück fest gedrehtes Baumwolltuch, das bis in das Benzin im Kanister hineinreichte, die Öffnung verschloß und außen in einer Länge von fünfzehn Zentimetern herunterhing. Als nächstes nahm er ein Knäuel festen Bindfadens aus einer Schublade seiner Wäschekommode und schnitt zwei fünfundsiebzig Zentimeter lange Enden von der Rolle ab. Das waren die Zündschnüre. Die Bomben waren fertig.

Er setzte sich wieder in den Schaukelstuhl.

Feuer . . .

Um halb drei Uhr morgens stellte er die Feuerbomben neben die Tür und schaltete die Lampe aus. Als seine Augen sich an die Dunkelheit gewöhnt hatten, öffnete er die Tür und hielt Ausschau. Alles war still. Er sah keinen Menschen, und kein Mensch würde ihn sehen. Er nahm einen der Kanister. Er würde zweimal gehen müssen. Beide Kanister zugleich konnte er nicht tragen. Mit dem Kanister in der einen, und der Zündschnur und den Streichhölzern in der anderen Hand trat Danny ins Freie.

Er rannte fünfzig Meter an dem hohen Maschendrahtzaun entlang bis zu einem Fliederstrauch, in dessen Schatten er Pause machte, um Atem zu schöpfen. Grau-weiße Wolken, die der Wind rasch ostwärts trieb, verbargen den vollen Mond. Die Nachtluft war schwül.

Als Danny wieder zu Atem gekommen war, überquerte er die verlassene Gasse. Er bog nach links zum Stall 24 ab. Er hastete an der Stallwand entlang zur Box in der Mitte des Baus. Dort hielt er an, stellte den Kanister ab und kniete im Schatten nieder.

Die Pferde schliefen. Bald jedoch würden sie hellwach sein . . .

Danny hob den Kanister hoch und kippte ihn. Innerhalb von Minuten war das Tuch im Gießer durchtränkt von Benzin. Durchdringend stieg der Geruch in die Luft auf. Er stellte den Kanister an die Stallwand. Dann knüpfte er die Zündschnur an das benzintriefende Tuch. Wenn er, sobald er die zweite Bombe aufgestellt hatte, die Zündschnur entzündete, würde es nur sechzig bis neunzig Sekunden dauern, ehe die Explosion erfolgte.

Zufrieden mit seiner Arbeit stand er auf – und wirbelte herum, als er hinter sich das Brummen eines Automotors hörte. Keine vierzig Meter entfernt bog der TRPB-Streifenwagen in die Stallgasse ein. Langsam rollte der Wagen vorwärts, während die beiden Insassen die Boxen zu beiden Seiten musterten.

Im ersten Moment der Lähmung überstürzten sich Dannys Gedanken. Was, zum Teufel, tun die hier? Die fahren doch nur alle Viertelstunden. Es ist nicht die richtige Zeit, kann gar nicht die richtige Zeit sein. Sie müssen was gemerkt haben, sie sind hinter mir her. Nein, unmöglich. Das muß eine Sonderstreife sein, weil morgen das große Rennen ist. Sie denken wahrscheinlich, jeder hier in den Ställen hat eine gottverdammte Spritze in der Hosentasche versteckt. Sie suchen nach Dopingexperten, die idiotischen Kerle.

Dann fuhr er herum und rannte. Er wußte, daß sie ihn noch nicht gesehen haben konnten. Sie fuhren mit Abblendlicht, hielten ihr Augenmerk und ihre Taschenlampen auf die Boxen gerichtet, nicht auf das, was vor ihnen lag. Ehe der Strahl der Scheinwerfer oder Lampen ihn erreichen konnte, jagte Danny zum Ende der Stallreihe und bog um die Ecke. Er rannte weiter, die Gasse entlang, an der Schmiede vorbei. Er keuchte laut. Alle paar Sekunden sah er sich um, überzeugt, daß der Streifenwagen ihm dicht auf den Fersen war.

Endlich gelangte er wieder zu dem Fliederstrauch. Er hielt nur einen Moment inne, um sich zu vergewissern, daß die Luft rein war. Sie war es. Die beiden TRPB-Männer schnüffelten wahrscheinlich immer noch bei den Stallungen herum, wo sie –

Lieber Himmel!

Erst jetzt wurde sich Danny Foxen bewußt, daß er die Feuerbombe stehengelassen hatte.

Einen Moment lang war er voller Wut. Dann sagte er sich, daß er ja gar nichts anderes hätte tun können. Wichtig allein war das Entkommen gewesen. Wenn er auch nur ein, zwei Sekunden damit vergeudet hätte, den Kanister aufzuheben, dann hätten sie ihn vielleicht entdeckt. Und wenn er das Ding hätte mitschleppen müssen, dann hätte er nicht so schnell laufen können. Er brauchte sich keine Vorwürfe zu machen: diese gottverdammten TRPB-Leute waren an allem schuld.

Er rannte das letzte Stück zu seiner Tür.

Niemand hielt ihn auf.

In seinem Zimmer wagte er nicht, das Licht einzuschalten.

Im Schein der kleinen Taschenlampe, die er auf das Bett legte, verstaute er den zweiten Benzinkanister in einem der Kartons. Er nahm die Chips, Salzstangen und Papiertücher aus dem Küchenschrank und verteilte die Sachen wieder über dem Kanister. Als er seine Handschuhe ausgezogen und in die Kommodenschublade gesteckt hatte, knipste er die Taschenlampe an.

Er ging zum Fenster und zog die Vorhänge ein wenig auseinander und blickte hinaus. Minutenlang geschah gar nichts. Dann tauchten TRPB-Leute und uniformierte Wächter aus der Dunkelheit auf. Paarweise schritten sie durch die Gasse und um die Stallungen herum. Sie trugen große Polizeilampen und Pistolen und sie verhielten sich sehr leise.

Er war es bald müde, sie zu beobachten.

»Idioten«, sagte er und ließ die Vorhänge zufallen.

Er zog sich aus, kroch ins Bett und zog die Decke bis zum Kinn hinauf.

Feuer...

Es war ungerecht. Er war so geduldig gewesen. Hatte so sorgfältig geplant.

Doch sein Feuer würde er nicht bekommen – nicht heute abend, nicht morgen abend – noch lange nicht. Solange sie nicht wußten, wer die Feuerbombe aufgestellt hatte, würden sie die Stallungen von abends bis morgens ständig überwachen.

Er war an der Schwelle zum Schlaf, als ein faszinierender Gedanke ihn wachrüttelte: niemals würden sie mit einem Feuer am hellichten Tag rechnen, am Tag des großen Rennens. Und er wußte schon, wie es zu machen war.

»Mann, oh, Mann«, sagte er und lachte.

13

Am Samstagmorgen um fünf vor halb sechs hob Dominick Savestio mit seinem Hubschrauber von Bishops Privatflugplatz außerhalb von Scranton ab.

Er nahm Anflugpeilung auf einen UKW-Sender von Harrisburg und flog Süd-Südost. Er hielt eine Flughöhe von fünfunddreißig Metern und wich allen Ortschaften aus, die zwischen ihm und seinem Bestimmungsort lagen.

Er dachte an die zweihundert Morgen Land. Weit, weit draußen irgendwo, in einer gottverlassenen Einsamkeit. Wo es keine Menschen gab oder nur wenige. Genug Geld, um Einsamkeit zu kaufen ... Genug Geld, um davon zwanzig oder dreißig Jahre zu leben. Er brauchte ja so wenig. Geld für Bücher, Schallplatten, ein gutes Gewehr und eine gute Flinte zum Jagen, ein wenig guten Whisky – und Geld für die verdammten Schlaftabletten.

Eine Zeitlang glitzerte unter ihm wie schwarzer Schiefer der Susquehanna. Dann verlor er ihn aus dem Gesichtsfeld und flog über Bauernhöfe hinweg, wo die Tagesarbeit schon begonnen hatte. Dichte Wälder standen rundum. Nach einer Weile tauchte der Susquehanna wieder auf, und er schlug einen Bogen um Harrisburg, Pennsylvania.

Im ersten Morgenlicht war die Century Oaks Rennbahn leicht zu sichten. Er flog nicht darüber hinweg. Er näherte sich von der anderen Seite. Er machte die Lichtung aus und setzte den Huskie um zehn vor sieben auf.

Als der Rotor sich nicht mehr drehte, schaltete er die Batterien aus und stieg aus dem Hubschrauber. Das Gras auf der Lichtung war feucht von einem Gewitter. Noch hingen Wolken am Himmel, doch es klarte rasch auf. In den Bäumen zwitscherten die Vögel. Ein Eichhörnchen saß aufrecht im hohen Gras am Waldrand. Es schien fasziniert von dem Hubschrauber.

Hier konnte man gut zehn oder elf Stunden zubringen, dachte Dominick. Schon gar, wenn man auf zwei Millionen Dollar wartete.

Irgendwann im Lauf der Nacht hatten sie an einem Gasthaus angehalten und sechs Büchsen Bier gekauft. Als sie wieder auf der Straße waren, und sie ihm eine Dose reichte, konnte Killigan sich nicht mehr erinnern, es gekauft zu haben.

Sie blieben auf den kleinen Straßen. Mehrmals schossen sie mit über hundertfünfzig Kilometer pro Stunde schmale, ausgebesserte Asphaltstraßen entlang. Dann wieder stellte er plötzlich fest, daß sie auf dem Kamm eines Hügels standen, und er konnte nicht sagen, wie lange sie schon so standen.

Sie lachten sehr viel – obwohl er nie recht wußte, was eigentlich so komisch war.

Einmal, als sie anhielten, gab Rita ihm eine weiße Tablette. Er spülte sie mit dem Bier hinunter. Sie nahm zwei und gab ihm noch eine.

Ein vages Gefühl der Gefahr überkam ihn, obwohl er sich so glänzend amüsierte.

»Was ist das?«

»Das erste war was zum Aufputschen«, sagte sie.

»Und das?« Er hielt ihr die Tablette vors Gesicht.

»LSD, glaube ich.«

»Du *glaubst?«*

»Ich hab' so viel verschiedenes Zeug hier«, erklärte sie und leerte ihre Handtasche über ihrem Schoß aus.

»Ich glaube, ich sollte nicht – ich sollte lieber – Das ist doch –« Er schüttelte den Kopf und ließ die Tablette fallen.

Er legte den Gang ein, und als er auf die Landstraße zurückbrauste, hatte er schon vergessen, worüber sie eigentlich gesprochen hatten.

Sie begegneten nur wenigen anderen Fahrzeugen, vielleicht einem Dutzend in der ganzen Nacht. Und wenn sie eines entdeckten, dann spielten sie Katz' und Maus mit ihm, versuchten, es von der Fahrbahn abzudrängen. Es gelang ihnen nicht, obwohl der Thunderbird von einem dieser Abenteuer eine Schramme davontrug.

Als Rita die letzte Dose Bier öffnete, sagte sie: »Weißt du eigentlich, daß ich ein Bastard bin?«

Er sah sie an. »Bastarde sind uneheliche Kinder von Königen.«

Der Wagen kam von der Fahrbahn ab. Er hätte beinahe die Gewalt über das Steuer verloren. Die Räder tauchten in einen schmalen Graben, sprangen jedoch gleich wieder hoch und rutschten auf den Asphalt.

»Ein Bastard«, sagte sie wieder. Sie lag an ihre Tür gelehnt. Ihr Rock war weit über die Knie hinaufgeschoben, ihre Beine waren gespreizt. »Ein Kuckucksei.«

»Du?«

»Ich. Du kennst doch Papas Gestüt in Florida?«

»Klar, kenn' ich es. Ich war ja dort.«

»Vor langer, langer Zeit«, sagte sie, »als ich noch im Froschteich lag, da hat ein Indianer auf Papas Gestüt gearbeitet. Ein Bild von einem Mann, groß und dunkel und unheimlich potent. Mit dem hat meine Mama geschlafen.«

Er wußte nicht, was er darauf sagen sollte. Er wünschte, es käme ein Auto, damit sie sich wieder amüsieren und diese Bekenntnisse begraben könnten.

»Hast du mich gehört?« fragte sie.

»Ja.«

»Er hat mit meiner Mama geschlafen. Mein Vater war im Bett nie ein großer Held, weißt du. Und da hat Mama sich eben anderweitig amüsiert. Und auf einmal war ich da.«

»Du irrst dich.«

»Nein. Mama hat Papa gehaßt. Aus tiefster Seele gehaßt. Was sie ihm nur antun konnte . . . Naja, und unter anderem konnte sie ihm antun, daß sie versuchte, mich gegen ihn aufzuhetzen. Darum hat sie es mir gesagt. Papa ist gar nicht dein Papa. Dein Papa war irgendein namenloser Indianer in Florida.«

Er sah auf das Tachometer. Hundertsiebzig. Er fuhr langsamer. Glaubte er jedenfalls.

»Dafür hab' ich mein schwarzes Haar und meine – wie es eine Klatschkolumnistin einmal ausdrückte – herrlichen, nachtdunklen Augen. Ich bin ein Mischling. Deshalb haßt mich mein Papa – mein falscher Papa.«

»Er haßt dich nicht.«

Ihm war schwindlig und ein wenig übel.

»Du hast ja keine Ahnung«, sagte sie leise. »Als ich klein war, verstand ich es nicht. Er wollte nichts mit mir zu tun haben. Dauernd ging er mir aus dem Weg. An manchen Tagen redete er kein Wort mit mir. Als ich dann vierzehn war, sechs Monate vor dem Tod meiner Mutter, erfuhr ich die Wahrheit. Mama sagte mir, daß ich ein Mischling bin. Der alte Herr ist ein gehörnter Ehemann. Und da mein Herr

Papa sowohl für die Rassentrennung als auch für die Oberherrschaft des Mannes ist, bin ich bei ihm nicht sehr beliebt.« Sie redete unaufhörlich darüber, während er fuhr. »Ein Jahr lang oder so hab' ich versucht, Papa zu verstehen zu geben, daß ich ihn wie einen Vater liebte, obwohl er nicht mein wirklicher Vater ist. Ich wußte nicht, daß er in mir mehr die Indianerin als den Bastard verabscheute. Und als ich sechzehn war, war ich natürlich vollkommen vermurkst.«

»Ich hab' dich kennengelernt, als du sechzehn warst«, sagte er.

»Du hast mich an meinen Vater erinnert.«

»Danke!«

Sie saß da und weinte, und er ging wieder auf hundertsiebzig.

Später sagte sie, »jetzt bist du dran.«

Sein Geist war durch Täler glühender Farben und wilder Geräusche gewandert. Er merkte plötzlich, daß er Kilometer um Kilometer gefahren war, ohne die Straße zu sehen. Er wußte nicht, wo sie waren und entsetzliche Angst packte ihn unversehens.

»He!« sagte sie. »Bekenne!«

»Ich wüßte gar nicht, wo ich anfangen sollte.«

»Fang' da an, wo ich angefangen habe. Wen haßt du?«

»Mich«, antwortete er. »Ich hasse mich.« Und dann hörte er sich ungläubig die abscheulichsten, demütigendsten Dinge über sich selbst aussprechen. Ein Teil seines Ichs schien sich von ihm zu lösen und ihn zu beobachten, während er sich selbst zerstörte. Er sprach lange, weinte dabei, schrie ab und zu laut, sprach zu sich selbst, nicht zu ihr.

Dann wieder Gelächter. Schwindelgefühl. Farben, Licht, Halluzinationen . . .

Als er erwachte, saß er hinter dem Steuerrad, doch der Thunderbird stand mitten in einer Wiese. Er blickte an sich hinunter und sah, daß er nur sein Hemd, seine Socken und

Schuhe anhatte. Rita lag schlafend auf dem Sitz neben ihm. Sie war splitternackt. Im Auto roch es nach Urin.

Er sah auf seine Uhr. Neun. Am Morgen?

»Oh, Gott?« Was tat er hier? Wie war er in dieses widerlich beschmutzte Auto gekommen?

Es ist gleich, dachte er. Wichtig war jetzt nur, nach Hause zu kommen. Er mußte duschen und sich anziehen. Um zehn war die Besprechung mit dem Aufsichtsrat. Er mußte zum großen Rennen auf dem Platz sein. Wenn etwas schiefging, dann würde er Century Oaks verlieren wie er Hialeah und all die anderen verloren hatte.

Er stieg aus dem Wagen, um frische Luft zu schöpfen. Beim dritten tiefen Atemzug sank er in die Knie und übergab sich. Danach war er zehn Minuten lang zu schwach, um etwas anderes zu tun als die Schmetterlinge zu beobachten, die die langen, schmalen Grashalme küßten.

Um elf Uhr fuhr Edgar Garrison den Mazda den alten Ziehweg hinauf zu der Lichtung im Wald hinter der Rennbahn Century Oaks. Annie Sherred folgte in ihrem schwarzen Corvette. Er parkte den Wagen am Rand der Lichtung. Er schaltete den Motor aus und ließ den Zündschlüssel stecken.

Dominick Savestio kam ihm entgegen.

»Sind Sie das, Garrison?«

Edgars Maske war einfach, aber wirkungsvoll. Am Abend zuvor hatte Annie ihm den ganzen Kopf kahl rasiert. Sein Schädel war glatt wie eine polierte Murmel. Mit Höhensonne und Make-up hatte die Haut den gleichen sonnenbraunen Farbton erhalten, den sein Gesicht hatte. Annie hatte ihm sorgfältig Augenbrauen und Wimpern gebleicht. Lou Velinski hatte ihm aus New York eine schwarze Hornbrille mit Fensterglas mitgebracht, die Garrison jetzt trug. Er war sicher, daß er sich in dieser Maske unerkannt unter alte Bekannte mischen konnte, sollte er an diesem Nachmittag im Restaurant welchen begegnen.

Savestio schüttelte bewundernd den Kopf.

»Ihre eigene Mutter würde Sie nicht wiedererkennen.«

»In mehr als einer Hinsicht nicht.« Garrison musterte den Kaman Huskie und sagte: »Ich hab' nicht erwartet, daß er so groß sein würde.«

»Das Geld paßt auf jeden Fall rein. Vergessen Sie also das Kleingeld nicht.«

»Wenn Sie uns hier abgesetzt haben, müssen Sie bis nach Scranton zurück?«

»Richtig.«

»Die Polizei im ganzen Staat wird nach dem Ding Ausschau halten«, meinte Garrison stirnrunzelnd. »Und bei der Größe und der knalligen Farbe –«

»Keine Sorge«, versicherte Savestio. »Ich hab' genug Treibstoff, um eine Geschwindigkeit von hundertfünfzig Meilen halten zu können. Noch ehe über den Überfall überhaupt was bekannt wird, sitze ich schon sicher und wohlbehalten in Scranton, und der Helikopter steht im Hangar. Die Polizei braucht bestimmt eine Stunde, um die eigenen Hubschrauber mobil zu machen – und dann weiß sie nicht mal, in welcher Richtung sie suchen soll.«

»Wahrscheinlich haben Sie recht«, meinte Garrison, nur halb überzeugt.

»Es ist Ihr Plan.«

»Ursprünglich, ja«, antwortete Garrison. »Ich dachte, der Hubschrauber würde alt sein – nicht so groß und teuer – ein altes Ding, das wir hier auf der Lichtung hätten stehenlassen können.«

»Machen Sie sich nur keine Sorgen.«

Mit einem Blick auf seine Uhr sagte Garrison: »Ich habe keine Zeit, mir Sorgen zu machen. Haben Sie den Feldstecher?«

Savestio nickte. »Von Viertel nach fünf an bin ich auf dem Hügel bis das Signal kommt.«

»Sie trägt einen gelben Hosenanzug.«

»Der dürfte ja leicht zu erkennen sein.«

»Viel Glück.«

Savestio schüttelte Garrison die Hand.

»Mein Risiko ist nicht groß«, erwiderte er. »Sie und die anderen brauchen das Glück.«

Als Garrison durch das hohe Gras zu dem Corvette schritt und sich neben Annie setzte, sagte sie: »Das sieht ja wie die reinste Passagiermaschine aus.«

Seit Garrison den großen Kaman Huskie gesehen hatte, war ihm klar, daß sein Plan nicht so einfach war, wie es auf dem Papier aussah. Tatsächlich war er ungemein kompliziert. Das ganze Unternehmen hing von absolut logischer Präzision ab. Zur Improvisation im Fall von unerwarteten Ereignissen war im Grunde kein Raum. Wenn ein Faktor nur um Sekunden zu früh oder zu spät ins Spiel kam, würde das ganze Unternehmen zusammenbrechen wie ein Kartenhaus im Luftzug.

»Dominick weiß, was er tut«, sagte Garrison.

»Hoffen wir's«, versetzte sie und fuhr den Corvette aus der Lichtung hinaus.

Als sie um zwölf Uhr das Gelände von Century Oaks erreichten, waren alle Zufahrtsstraßen von Personenwagen und Bussen verstopft. Erst um zwanzig nach zwölf passierten sie die Sperre zum Parkplatz. Obwohl bis zum ersten Rennen noch mehr als eine Stunde Zeit war, mußte Annie weit entfernt vom Hauptgebäude parken.

»Diese Menschen!« sagte Garrison erfreut. »Da kommen leicht zwei Millionen raus.« Er rieb sich die Hände. »Vielleicht sogar drei.«

Doch seine freudige Erregung erfuhr eine jähe Dämpfung durch die plötzliche Erinnerung an den Traum, der ihn seit zwei Wochen fast jede Nacht heimsuchte: Tote auf einer breiten Granittreppe, Polizisten, die die Leichen umschwärmten wie Geier das Aas, und Blut auf grüne Geldscheine verspritzt.

»Oder vielleicht gar nichts«, sagte sie.

»Wie?«

»Das denkst du doch. Drei Millionen Dollar oder vielleicht gar nichts.« Annies Gesicht wirkte so bleich und zart wie alte Spitze. »Vielleicht das Gefängnis. Vielleicht sogar etwas Schlimmeres.«

Sie umklammerte das Steuerrad so fest, daß ihre Knöchel weiß wurden.

»Wir schaffen es schon«, versetzte er und wünschte, er könnte es wirklich glauben.

»Heute morgen hat die Angst bei mir richtig angefangen«, sagte Annie. »Bis dahin war ich viel zu selbstgerecht, um Angst zu haben. Ich wußte, daß Joe und ich um unser Glück betrogen worden waren, und ich wußte, daß ich das Recht habe zurückzuschlagen; aber mir hätte schon viel früher klarwerden sollen, daß das noch lange keine Erfolgsgarantie ist. Jetzt, wo es ernst wird, kann ich die Konsequenzen sehen. Deshalb habe ich Angst. Todesangst. Aber Joe war hundertsechzig Tage im Krieg, ehe er erschossen wurde.«

Er war nicht sicher, was sie damit meinte.

Er wartete.

Ihre großen Gazellenaugen schienen durch ihn hindurch in eine andere Welt zu blicken.

»Ich denke immer daran, wie grauenhaft es gewesen sein muß, hundertsechzig Tage lang jeden Tag darauf zu warten, daß man stirbt. Wenn er das durchhielt, dann kann ich doch auch das hier aushalten.«

Sonnenlicht strömte durch die Windschutzscheibe. Im Wagen war es warm und drückend.

»Wenn Helen den Sohn dieses reichen Gestütsbesitzers

damals, als sie neunzehn war, nicht wegen Vergewaltigung angezeigt hätte, dann hätte derselbe Schweinehund uns zehn Jahre später vielleicht nicht in den Bankrott getrieben. Daran denke ich unaufhörlich. Ich denke immer an Helen«, sagte er leise. »Das Sauerstoffzelt. Wie ihre Schönheit von Tag zu Tag verfiel. Die Drogen, die man ihr gab und die ihr doch die Schmerzen nicht ganz nehmen konnten. Die Schwestern, die sie stundenlang in ihrem eigenen Urin liegen ließen, ehe sie sich bequemten, die Laken zu wechseln ... Wenn wir Geld gehabt hätten, hätte sie sich nicht überarbeitet und wäre nicht krank geworden. Und selbst wenn sie krank geworden wäre, so hätte ich mit Geld bessere Ärzte und Pflegerinnen zahlen können ... Ich denke an Helen und ich weiß, daß ich dich nur heiraten kann, wenn Geld für uns beide da ist. Damit wir uns die ganze Welt vom Hals halten können. Niemals wieder werde ich zusehen, wie eine Frau, die ich liebe, stirbt, weil ich zu arm bin, um sie zu retten. Nie wieder. Dieses Gefühl der Hilflosigkeit ...«

Sie beugte sich zu ihm und küßte ihn.

»Wenn es nicht anders geht«, sagte sie mit blitzenden Augen, »dann nimm die Pistole.«

Die Browning steckte unter seinem Jackett im Hosenbund. Sie drückte wie ein Krebsgeschwür auf seine rechte Seite.

»Wenn auf dich geschossen wird, dann zögere nicht«, sagte sie.

»Daran habe ich schon gedacht«, bekannte er.

»Wenn die Rollen vertauscht wären«, fuhr sie fort, »würde jeder von ihnen auf dich schießen.«

»Also, so ist das jetzt?«

»Du meinst, wir gegen sie?«

»Ja.«

»Natürlich ist es so.«

»Nun – das macht alles ein wenig leichter.« Er öffnete die Wagentür. »Warte zehn Minuten ehe du hineingehst. Von jetzt an dürfen wir nicht mehr zusammen gesehen werden.« Er stieg aus dem Corvette und schritt über den Parkplatz.

»Du bist anscheinend überhaupt nicht nervös«, sagte Willie Denver.

Velinski lächelte breit. »Weshalb sollte ich nervös sein?«

Um elf hatten sie an diesem Morgen ihr Hotel verlassen und Willies Wagen in einer Parkgarage in der Innenstadt von Harrisburg untergestellt. Mit einem Bus waren sie um halb zwölf nach Century Oaks hinausgefahren. Jetzt, um halb eins, saßen sie an einem winzigen Tisch für zwei im ›Oakview Room‹.

Zum zwanzigstenmal innerhalb der letzten Viertelstunde zupfte Willie an seinen Manschetten. Der kleine Mann trug einen flaschengrünen Anzug, dazu ein lindgrünes Hemd und eine eierschalenfarbene Krawatte.

»Bist du denn nervös?« fragte Velinski belustigt.

»Willie Denver ist ein bißchen nervös, ja«, bekannte Willie. »Mit seinen Freunden sollte man immer ehrlich sein. In Wahrheit ist Willie Denver mehr als ein bißchen nervös. Er hat Schmetterlinge im Bauch.«

Velinski faltete die Hände auf dem Bauch und sagte: »Du solltest öfter ins Kino gehen.«

»Was soll das heißen?«

»Wenn du dir mehr Filme ansähst«, erklärte Velinski, »wenn du sie gründlich studieren würdest, dann könntest du deine Nerven unter Kontrolle halten.«

Die Kellnerin brachte ihre Drinks und nahm ihre Bestellungen für das Mittagessen auf.

Als sie gegangen war, fragte Willie: »Wie meinst du das mit den Filmen?«

»Man kann sich ein Beispiel nehmen.«

»Willie Denver kann dir nicht folgen.«

»Weißt du, wer ich in diesem Moment bin?« fragte Lou Velinski.

Willie runzelte die Stirn. »Lou Velinski.«

»Nur zum Teil.«

»Du bist wohl nicht ganz dicht.«

»Ich bin Lou Velinski«, sagte der Dicke und trank einen Schluck von seinem Scotch, »aber ich bin gleichzeitig Dean Martin in ›Ocean's Eleven‹.«

»Ach nein, Dean Martin?«

Velinski lächelte selbstzufrieden. »›Ocean's Eleven‹ ist ein Film über eine Bande von Dieben, die ein Kasino in Las Vegas ausraubt. Es gibt Krisen und Probleme. Aber Dean Martin verliert nicht einmal die Nerven. Er bleibt ganz kühl. Und ich versuche jetzt, mich in die Rolle hineinzuversetzen, die er in ›Ocean's Eleven‹ spielte.«

»Und das klappt?«

»Ich bin jedenfalls nicht nervös.«

Die Kellnerin brachte ihnen ihr Hors d'oeuvre – zwei Schalen mit grauen Grapefruitschnitzeln und gelblichen Orangenscheiben.

»Typisches Rennplatzessen«, stellte Velinski verächtlich fest – und begann zu stopfen.

»Nun ja«, bemerkte Willie beinahe entschuldigend. »Willie Denver ist nicht nur deshalb nervös, weil er vor diesem Job Angst hat. So leicht läßt Willie sich nicht bange machen. Aber er hat ziemlich unangenehme Erinnerungen an das Pferderennen. Sie kommen immer wieder.«

Kauend sagte Lou Velinski, »wovon redest du da?«

Willie zögerte, als mehrere Menschen auf dem Weg zu den Wettschaltern an ihrem Tisch vorübergingen. Dann lehnte er sich zu Velinski hinüber und sagte: »Nachdem Willie das letztemal aus dem Knast entlassen worden war, mußte er zwei Jahre einmal wöchentlich seinen Bewährungshelfer aufsuchen und nachweisen, daß er ein ehrliches Leben führte. Willie mußte eine Stellung als Verkäufer in einem Herrengeschäft annehmen – ehrliche Arbeit, aber völlig stillos. Willie hatte zwar von ein paar früheren Jobs noch Geld auf der hohen Kante, aber das konnte er nicht anrühren. Das waren zwei scheußliche Jahre, du kannst es Willie glauben.«

»Natürlich, ich kann's mir vorstellen«, meinte Lou.

»Als Willie dann nicht mehr zu seinem Bewährungshelfer brauchte, schlug er erstmal richtig über die Stränge. Er holte gewissermaßen alles nach, was er in den zwei Jahren versäumt hatte und da gab er sein Geld natürlich viel zu schnell aus. Als nichts mehr da war, mußte er was tun – kleine Dinger, ohne Risiko. Und da hat Willie sich mit einem Buchmacherring zusammengetan – in Aqueduct.«

Velinski hörte auf zu essen.

»Du warst der Verbindungsmann für einen Buchmacherring auf einem Rennplatz?«

»Nur zwei Monate lang.«

»Herrgott, Willie –«

Der gutaussehende, kleine Mann errötete.

»Willie weiß schon, was für ein minderer Job das war. Aber er brauchte das Geld.«

»Ob der Job minder war oder nicht, ist mir gleich«, versetzte Velinski. »Mensch, Willie, es gibt doch fast nichts Riskanteres als für einen Buchmacher den Verbindungsmann auf der Rennbahn zu spielen!«

»Man lernt aus seinen Erfahrungen«, erwiderte Willie.

»Sie haben dich geschnappt?«

Willie nickte.

»Aber dann müßtest du doch jetzt im Knast sitzen.«

»Willie ist noch mal davongekommen«, erklärte Willie. »Die Leute, für die Willie gearbeitet hat, waren nicht gerade Willies Freunde, und da hat Willie der Rennbahnpolizei ihre Namen angegeben.«

»Und daraufhin hat man dich laufen lassen?« fragte Velinski.

Willie schob ein Grapefruitschnitzel in den Mund und kaute gemächlich. Schließlich bemerkte er: »Man ist nicht gerade stolz darauf, seine Mitarbeiter verraten zu haben.«

Velinski schob seine leere Kompottschale an den Tischrand.

»Das kümmert mich nicht. Ich weiß, daß du mich nie reinlegen würdest. Mir macht was ganz anderes Sorgen ... Hast du jemals hier auf diesem Platz gearbeitet?«

Verdattert blickte Willie auf. »Natürlich nicht!«

»Ganz sicher nicht?« Velinskis Stimme war sachlich.

»Wofür hältst du Willie?« fragte Willie. »Noch nie in seinem Leben war er auf dieser Rennbahn. Kein Mensch kennt ihn hier.«

»Na schön ...« Velinskis buschige, weiße Brauen waren über der knolligen Nase zusammengezogen. »Siehst du«, fügte er hinzu, »da hättest du wieder aus dem Kino lernen können.«

»Wieso?«

»Na, ein Dean Martin würde nie so einen lausigen Job als Verbindungsmann für einen Buchmacher annehmen.«

Der Ausstellungsraum am Westende des dritten Stocks hatte nur eine Tür, die jetzt offenstand. An den Wänden hingen Fotografien und Gemälde von Pferden. Augenblicklich aber war der Mittelpunkt der Aufmerksamkeit ein zwei Meter hoher und knapp anderthalb Meter breiter Glaskasten, der in der Mitte des Raums stand. Eine Million Dollar in bar lagen auf einem mit Samt bespannten Tisch in diesem Glaskasten. Dieser Anblick lockte die Menschen in den Ausstellungsraum wie das Licht die Motten anzieht.

Jessup marschierte langsam um den Glaskasten herum und musterte die ausgestellten Notenbündel. Dann richtete er seine Aufmerksamkeit auf die Wächter. Einer stand an der Tür, ein zweiter auf der Südseite des Glaskastens, ein dritter auf der Nordseite. Sie waren alle bewaffnet, und sie waren alle groß, kräftig und jung.

Jessup bahnte sich einen Weg durch die Menge im Ausstellungsraum und gesellte sich zu Vince Greenfield, der vor dem Ölgemälde eines berühmten Rennpferds stand.

»Wie sieht's aus?« fragte Greenfield.

»Drei insgesamt.«

»Hab' ich auch gezählt.« Greenfield sprach leise, aber er flüsterte nicht. Das hätte Aufmerksamkeit erregt. »Sind welche in Zivil da?«

»Vielleicht einer.«

»Und draußen?«

»Woher sollen wir das wissen?«

»Hm.«

Ein älteres Ehepaar blieb vor dem Gemälde stehen. Sie fand es sehr schön. Er meinte, es sähe aus wie das Gekrakel eines Fünfjährigen.

»Und wir zwei«, bemerkte Greenfield, als das Ehepaar weitergegangen war. »Vier Wächter, wenn wir den in Zivil rechnen, und wir zwei.«

»Und die Rosen«, sagte Jessup.

Er wies nickend auf die mit rotem Band verschnürte lange Schachtel, die Greenfield unter dem linken Arm hatte. Am Morgen hatte Jessup drei Dutzend Rosen gekauft, sie aus der Schachtel genommen und an ihrer Stelle die Maschinenpistole hineingelegt, die er von Bill McGill gekauft hatte. In Jessups Händen hätte die Blumenschachtel auf einen mißtrauischen Polizeibeamten vielleicht verdächtig gewirkt. In den Händen Vince Greenfields, der so ganz denTyp des aufstrebenden jungen Mannes verkörperte, wirkte sie völlig harmlos.

»Die Rosen sind der Ausgleich«, sagte Jessup.

»Bis zum letzten Rennen haben wir noch eine Menge Zeit«, meinte Greenfield, »und die Rosen werden von Minute zu Minute schwerer. Gehen wir an unseren Tisch zurück.«

»Geh' schon vor«, versetzte Jessup. »Ich will noch zum Wettschalter.«

Greenfield war das völlig unverständlich.

»Das ist doch reine Zeitverschwendung«, entgegnete er. »Für uns gibt's heute nur eine Wette.«

»Na hör' mal, wenn wir nicht wetten, fallen wir höchstens auf. Und wenn ich schon mal auf dem Rennplatz bin, dann will ich auch wetten.«

Greenfield rieb sich nachdenklich das Kinn.

»Hm«, meinte er, »dann kannst du ja für mich auch gleich mit setzen. Hast du einen guten Tip?«

Jessup schlug sein Programm auf.

»Im ersten Rennen«, sagte er, »müßte es ›Neat 'n Clean‹ eigentlich schaffen.«

»Okay«, meinte Greenfield und zog seine Brieftasche. »Fünf Dollar auf den Tip.«

Jessup nahm das Geld und ging. Er wußte, daß Greenfield nicht lange genug leben würde, um das Geld auszugeben, selbst wenn er mit seiner Wette auf ›Neat 'n Clean‹ gewann. Während er in der Schlange vor dem Wettschalter stand, dividierte er zwei Millionen durch sechs. 333 333,33 Dollar für jeden Mord, den er heute abend auf der Lichtung verüben würde.

Er würde nie wieder arbeiten müssen.

333 333,33 Dollar. Nicht schlecht – wirklich nicht schlecht.

14

Abgesehen von den zwölf Wettfenstern im vierten Stock, in der Vorhalle des ›Horsemen's Club‹ waren in jeder der anderen Etage vierzig Wettschalter geöffnet. In jedem Stockwerk waren diese vierzig Schalter in zwei Gruppen von je zwanzig gespalten – zwanzig im Westflügel, davon zwölf Verkäufer und acht Kassiere – und zwanzig im Ostflügel. Im ersten Stockwerk waren die beiden Reihen von Schalterfenstern durch den Imbißraum auseinandergerissen, im zweiten durch die große Flügeltür zum Restaurant und im dritten durch die ›Saddle Bar‹ und die Toiletten. Während der fünfundzwanzig Minuten dauernden Wettzeit waren die vierundzwanzig Wettscheinverkäufer in jedem Stockwerk ununterbrochen beschäftigt.

Das erste Rennen sollte um dreizehn Uhr dreißig beginnen; deshalb schlossen die Schalter auf die Sekunde pünktlich um dreizehn Uhr dreißig. Wer dann seine Wette noch nicht placiert hatte, der hatte eben Pech gehabt.

Sobald die Schalter geschlossen waren, zog jeder Verkäufer seine Geldlade auf. Er legte ein Stück gelbes Papier von der Größe eines Geldscheins auf sein Bündel, ohne sich die Zeit zu nehmen, die Noten erst zu zählen. Auf diesem gelben Zettel stand die Nummer seines Schalterfensters. Am Ende des Tages war er dafür verantwortlich, daß die Bilanz für seinen Schalter stimmte. Wenn die Verkaufszahlen in der Totomaschine nicht mit den Einnahmen, die er in den Kassenraum hinuntergeschickt hatte, übereinstimmten, mußte er in die eigene Tasche greifen, um Fehlbeträge auszugleichen. Wenn der gelbe Zettel auf jedes Geldbündel gelegt war, streifte der Verkäufer um jeden Notenstapel ein Gummiband und notierte auf einem weiteren Zettel seine Gesamteinnahmen für die letzte Wettperiode. Diese Zahl las er von der Totomaschine ab.

In jeder Reihe von zwanzig Schaltern fungierte ein Verkäufer als ›Sammler‹. Mit einem großen, grauen Leinensack ging er von einem Kollegen zum anderen und sammelte die Geldbündel ein sowie die gelben Zettel, auf denen die Verkäufer die von der Totomaschine abgelesenen Verkaufszahlen niedergeschrieben hatten. Dann zog er den schweren Sack zum Aufzug ganz am Ende der Schalterreihe und blieb vor den blauen Doppeltüren stehen. Er überprüfte rasch die zwölf Verkaufszahlen, addierte sie im Kopf, zog fünfzehn Prozent ab und notierte die sich ergebende Zahl auf dem obersten Blatt eines roten Notizblocks, den er in seiner Hemdtasche trug. Dann wartete der ›Sammler‹ nur noch darauf, daß sich die Aufzugtüren öffneten.

Knapp zwei Minuten waren seit der für das erste Rennen angesetzten Startzeit verstrichen. Draußen auf der Bahn mühten sich die Stallburschen wie üblich noch immer, die nervösen Rassepferde in die Startboxen zu bugsieren. Bis zum tatsächlichen Beginn des Rennens würde vielleicht noch eine volle Minute vergehen.

Unmittelbar vor dem Moment, wo das Rennen hätte starten sollen, traten zwei uniformierte Wächter und zwei Wächter in Zivil aus dem Kassenraum im Souterrain. Sie schoben zwei Wäschewagen vor sich her. Zwei Männer – der eine in Uniform, der andere in Zivil – schoben gemeinsam einen Wagen, und die beiden Paare gingen in entgegengesetzten Richtungen auseinander. Die Männer, die den Aufzug am Ostende des Korridors betraten, fuhren in den vierten Stock hinauf bis zum Horsemen's Club. Der Aufzug am Westende hielt im dritten Stockwerk an. Während dann beide Aufzüge Stockwerk um Stockwerk in die Tiefe schwebten, warfen die ›Sammler‹ ihre Geldsäcke in die Wäschewagen und reichten den Wächtern die roten Zettel. Als die Pferde draußen auf der Bahn endlich aus den Startboxen schossen, waren die Einnahmen für dieses Rennen bereits im Souterrain. Und als der Sieger im ersten Rennen, ›Buttercup's Beau‹, mit vier Längen Vorsprung in die Zielgerade einlief, befanden sich die vier Männer mit den Wagen bereits wieder im Kassenraum.

Die Wächter gaben die roten Zettel der ›Sammler‹ an Leroy Franson weiter. Die Zahl auf dem roten Zettel war die Summe, die die Kassiere nach Schätzung der Sammler brauchen würden, um die Gewinner vom ersten Rennen auszuzahlen. Franson und seine vier Mitarbeiter öffneten die Schubladen des Tresors, in denen das Anfangskapital lag – dreihunderttausend Dollar, die am Morgen von der Bank geliefert worden waren. Sie zählten neun Notenbündel ab und legten sie in die neun Säcke, deren Inhalt die Wächter auf die Zähltische geleert hatten.

Während draußen der Ansager den Einlauf des ersten Rennens bekanntgab, marschierten im Souterain die vier Wächter – zwei in Uniform, zwei in Zivil – wieder aus dem Kassenraum zu den Aufzügen. Auf dem Weg nach oben hielten sie in jedem Stockwerk an und gaben die Auszahlungsgelder an die ›Sammler‹ weiter, die den Empfang quittierten und das Geld dann an die acht Kassiere ihrer Schalterreihe verteilten.

Um dreizehn Uhr sechsunddreißig wurde das Rennergebnis bekanntgegeben und die Kassenschalter geöffnet.

Die Verkäufer gaben bereits Wettscheine für das nächste Rennen aus.

Im Kassenraum zählten Leroy Franson und seine Mitarbeiter die Einnahmen aus dem ersten Rennen. Sie verglichen ihre Zahlen mit denen des Computers, trugen die Zahlen in ihre Bücher ein und machten die Geldbündel fertig, die bei Abschluß des zweiten Rennens an die Kassiere gegeben werden sollten.

Wie Wasser strömte das Geld jetzt durch ein kompliziertes Netzwerk von Kanälen.

15

Bud Teagarten war einer der beiden TRPB-Angestellten, die im Ostflügel der Halle im dritten Stock Dienst taten. Seine wachen Augen waren unablässig in Bewegung. Cooper wußte, daß er ein zuverlässiger und gründlicher Mann war.

Mit einem ›Daily Racing Form‹ unter dem Arm drängte sich Cooper zwischen den diskutierenden, gestikulierenden Menschengruppen hindurch und blieb neben Teagarten stehen. »Wie geht's?« fragte er.

»Zu viele Menschen«, antwortete Teagarten. »Manchmal hab' ich das Gefühl, der Boden biegt sich unter meinen Füßen.«

»Irgendwas Verdächtiges bemerkt?«

»Nein.«

»Ich glaube, ich habe etwas entdeckt«, sagte Cooper.

»Was denn?«

»In der Schlange vor dem Fünf-Dollar-Fenster steht ein Mann, der mir bekannt vorkommt. Ich weiß, daß ich sein Gesicht schon mal gesehen habe, aber ich komme einfach nicht darauf, woher ich es kenne. Kommen Sie, sehen Sie sich den Mann mal an.«

Sie schlenderten zu den Fernsehschirmen in der Nähe der Wettschalter. Während sie so taten, als beobachteten sie die ständig wechselnden Wetten auf die Pferde des zweiten Rennens, blickten sie an den Monitoren vorbei zum Fünf-Dollar-Fenster.

»Welcher ist es?« fragte Teagarten.

»Er zahlt gerade.«

»Der kleine, schmächtige?«

»Ja.«

In diesem Moment trat der kleine Mann vom Schalter weg. In der Hand hielt er zwei Wettscheine.

»Er kommt auf uns zu«, sagte Cooper.

Der Fremde hatte ein gutaussehendes Gesicht. Er war so klein, daß er ein Jockey hätte sein können. Er war tief gebräunt und hatte welliges, schwarzes Haar. Er trug einen flaschengrünen Anzug, dazu ein lindgrünes Hemd und eine cremefarbene Krawatte.

Er ging an ihnen vorüber und stieg die Stufen zum Restaurant hinunter. Er ging drei Ränge hinunter und setzte sich zu einem weißhaarigen, dicken Mann an einen kleinen Tisch.

»Schon mal gesehen?« fragte Cooper.

Teagarten nickte zögernd. »Das Gesicht kommt mir bekannt vor. Aber woher? Aus der Kartei?«

Das TRPB hatte seine eigene Kartei mit Fotos und Beschreibungen unzähliger Schwindler, Buchmacher, Taschendiebe und anderer Gauner, die sich vorzugsweise auf Rennplätzen herumtrieben. Im Büro des TRPB, das rückwärts bei den Stallungen lag, gab es sechs dicke Alben, die ständig ergänzt wurden. Jeder TRPB-Angestellte blätterte die Bücher ein-, zweimal in der Woche durch, um sich die Physiognomien der abgebildeten Gauner möglichst genau einzuprägen.

»Er muß in der Kartei sein«, meinte Cooper beunruhigt.

Sie standen am Geländer, das die Halle vom Restaurant abteilte und starrten auf die beiden Männer drei Ränge tiefer hinunter.

»Kennen Sie den Dicken?« fragte Teagarten.

»Nein.«

»Ich auch nicht.«

»Gehen Sie ins Büro«, sagte Cooper, »und sehen Sie die Bücher durch. Wenn Sie was finden, sagen Sie mir sofort Bescheid.«

»Okay, bin schon auf dem Weg«, erwiderte Teagarten.

Am Samstagnachmittag um zwei kam Jack Killigan endlich zu Hause an. Er parkte den weißen Thunderbird neben der

Küchentür. Rita wachte auf und hob den Kopf. Sie war noch immer atemberaubend schön, aber nicht mehr so betörend wie am Abend zuvor. Ihr schwarzes Haar war wirr und glanzlos. Ihr Lippenstift war verschmiert. Ihre Augen waren wäßrig, ihr voller Mund schlaff. Sie war immer noch nackt, ihr Körper schmutzverschmiert.

»Kaufst du noch Bier?«

»Nein.«

»Ich möchte aber welches.«

»Du hast genug getrunken.«

»Ich hab' nie genug.«

»Schlaf' weiter.«

Zu seiner Überraschung tat sie genau das.

»Wenn du nur immer so folgsam wärst«, brummte Killigan.

Sie schnarchte.

Er schaltete den Motor aus und legte seine schweißnasse Stirn einen Moment auf das Steuerrad, um zu sich zu kommen. Der Rausch von den Drogen, die Rita ihm gegeben hatte, war noch immer nicht ganz von ihm gewichen. Immer wieder geschah es, daß vor seinen Augen plötzlich alles zu verschwimmen schien. Sein Herz klopfte wie rasend. Ab und zu schüttelte er den Kopf und lachte völlig ohne Grund.

Aber ich bin zu Hause, dachte er. Und irgendwie komme ich auch zur Rennbahn. Century Oaks lasse ich mir nicht nehmen wie ich mir die anderen habe nehmen lassen.

Seufzend stieg er aus dem Wagen und ging zur anderen Seite. Er öffnete die Tür und schüttelte Rita an der Schulter.

»Laß mich in Ruh'«, brummte sie mürrisch.

»Du mußt ins Haus gehen.«

Sie schlief schon wieder.

»Rita?«

Sie rührte sich nicht.

»Miststück!«

Obwohl er fürchtete, jeden Moment vor Schwäche umzukippen, gelang es ihm, sie aus dem Wagen zu ziehen. Er torkelte, ging beinahe in die Knie, fand sein Gleichgewicht im letzten Moment wieder und schleppte sie zur Küchentür. Im Haus schaffte er es nur bis zum Wohnzimmer. Dort mußte er sie auf das Sofa legen, um wieder zu Atem zu kommen.

Keine Zeit. Jetzt, in diesem Moment, begann Century Oaks ihm zu entgleiten. Jede Sekunde zählte.

Er hob sie wieder hoch und trug sie nach oben. Immer wieder mußte er schweratmend stehenbleiben und sich ans Treppengeländer lehnen, um nicht umzufallen. Oben legte er sie auf das Bett und zog ihr die Decke bis zum Kinn hinauf.

Ihre dunklen Augen klappten auf wie die einer Babypuppe.

»He, wo sind wir?«

»Zu Hause.«

»Bei dir?«

»Ja.«

»Komm ins Bett.«

»Jetzt nicht«, sagte er.

»Los, komm schon.«

»Rita, ich habe keine Zeit.«

Ihre Finger krallten sich in sein Hemd. Sie versuchte, ihn zu küssen.

Killigan spürte Übelkeit in sich aufsteigen, als er ihren stinkenden Atem roch. Er wußte plötzlich, daß sie mehr war als nur eine labile, psychisch gestörte Frau. Sie war eine Dämonin. Ihre Augen waren blutunterlaufen, ihr Fleisch stank. Ihr Gesicht und ihr Körper waren unmenschlich schön, unmenschlich makellos. Er sah in ihr jetzt eine Teufelin, einen bösen Geist, der Menschengestalt angenommen hatte, ihn zu verderben.

Oh, Gott, mir ist so übel. So übel . . .

Sie kicherte leise, als hätte sie irgendwie das Geständnis

gehört. Dann ließ sie ihn los und fiel aufs Bett, um augenblicklich wieder einzuschlafen.

Killigan stürzte ins Bad und stellte sich unter die Dusche. Das heiße Wasser wusch den Schmutz fort und die tiefe Verzweiflung. Als Killigan sich abgetrocknet hatte und vor dem Schrank stand, um einen Anzug herauszusuchen, dachte er nur noch daran, seine Stellung in Century Oaks zu retten. Verzweiflung hatte grimmiger Entschlossenheit Platz gemacht.

So wie die Dusche seine Verzweiflung weggespült hatte, würde er die Probleme wegspülen, die zweifellos am Tag des großen Rennens auf der Rennbahn aufgetaucht waren.

Es wird schon alles gut werden.

Von den achttausend Dollar, mit denen er die Woche angefangen hatte, waren Ely Grimes nur noch zweitausendfünfhundert geblieben. Doch das machte ihm keine Sorge. Er war sicher, daß er an diesem Tag, dem Tag des großen Rennens, gewinnen würde. Sein System hatte die ganze Woche funktioniert. Er hatte nur deshalb immerzu verloren, weil er in so miserabler seelischer Verfassung gewesen war. Aber das würde jetzt anders werden. Er wußte es.

Er würde heute nur in zwei Rennen wetten, dem vierten und dem letzten. Den ganzen Morgen hatte er über seinen Büchern zugebracht. Im vierten Rennen würde er fünfhundert auf Sieg auf Lucky Bucky setzen, und im letzten wollte er zweitausend auf Magic Pitcher wetten.

Und wenn alles klappte, konnte er damit immer noch gut zwanzigtausend Dollar machen, genug, um Clara über die ersten Schwierigkeiten nach seinem Tod hinwegzuhelfen.

Cooper stand immer noch am Geländer des Restaurants und beobachtete den kleinen, adrett gekleideten Mann, der drei Ränge tiefer mit dem weißhaarigen Dicken am Tisch saß. In der vergangenen Stunde hatten die beiden Männer sich in keiner Weise verdächtig benommen. Sie hatten mehrere Tassen Kaffee getrunken, jeder hatte andächtig einen Kognak genossen, jeder war einmal in die Herrentoilette gegangen. Keiner von beiden trug eine Aktenmappe, die das Rüstzeug eines Wettscheinfälschers hätte enthalten können, und keiner von beiden war länger als höchstens zwei Minuten in der Toilette geblieben. Beide hatten im zweiten, dritten und vierten Rennen gewettet, hatten aber ihre Wettscheine für das zweite und dritte Rennen zerrissen, als ihre Pferde sich nicht placiert hatten.

Cooper vertrieb sich die Zeit damit, hin und wieder die Frauen in diesem Teil des Restaurants zu mustern. Besonders interessant fand er eine Blondine Ende Zwanzig, die allein an einem Tisch zwei Ränge tiefer saß. Sie trug ein leuchtend buntes Sommerkleid mit tiefem Ausschnitt, der Cooper von seinem Standort aus tiefen Einblick gewährte.

Cooper erfrischte sich gerade mit einem Blick auf den aufregenden Busen der Blondine, als Arthur Hudson, der unscheinbare, kleine Lehrer aus Baltimore, sich zu ihr an den Tisch setzte. Die Blondine schenkte Hudson ein strahlendes Lächeln.

Wie, fragte sich Cooper, der über mangelnden Erfolg bei Frauen keineswegs zu klagen hatte, war es Hudson, diesem Pfefferkuchenmann, gelungen, an das Mädchen heranzukommen?

Noch als er sich die Frage stellte, sah er die Antwort. Der Lehrer reichte der Blondine ein dickes Bündel Geldscheine – mindestens mehrere hundert, vielleicht sogar einige tausend Dollar –, und sie stopfte es in ihre Handtasche. Wettgewinne? War Arthur Hudson ein Mathematiklehrer, der das unfehlbare System entdeckt hatte?

Unten glättete Hudson das weiße Tischtuch und machte sich daran, Wettscheine aufzulegen als spielte er Patience. Er hatte mindestens zwanzig, und keiner kam von einem Zwei-Dollar-Schalter.

Das unfehlbare System?

Oder steckte vielleicht etwas ganz anderes dahinter?

»Ich hab's gefunden.«

Erschreckt drehte Cooper sich um und sah Teagarten an seiner Seite.

»Er ist in der Kartei?«

»Ja. Er heißt Willie Denver«, sagte Teagarten, »und hat zweimal wegen bewaffneten Raubüberfalls gesessen.«

»Wieso ist er in der TRPB-Kartei?«

»Vor knapp einem Jahr arbeitete er in Aqueduct für einen Buchmacher.«

»Und wieso sitzt er nicht?«

»Weil er gesungen hat.«

»Dann sollte er zumindest auf sämtlichen Rennplätzen Hausverbot haben.«

»Hat er«, sagte Teagarten.

»Wieso ist er dann hier?«

»Das fragen Sie mich?«

»Aufgefallen ist mir bis jetzt überhaupt nichts«, erklärte Cooper. »Rein gar nichts. Vielleicht sind die beiden wirklich nur zum Wetten hier.«

»Kann sein«, meinte Teagarten und blickte zu Willie Denver hinunter. »Aber Sie glauben es nicht.«

»Nein«, bestätigte Cooper. »Und der Dicke?«

»Nicht in unseren Büchern«, erwiderte Teagarten.

Die Pferde des vierten Rennens standen in den Startboxen. Die Lichter verdunkelten sich. Die Gespräche verstummten.

»Sollen wir sie kassieren?« fragte Teagarten.

Cooper überlegte. »Nein. Aber überwachen Sie die beiden weiter.«

»Und wo sind Sie zu erreichen?«

»Ich bin ganz in der Nähe«, erwiderte Cooper. »Ich hab' da jemanden entdeckt, den ich keinesfalls aus den Augen lassen möchte.«

»Wen denn?«

»Wenn ich Ihnen das verrate, werden Sie höchstens abgelenkt«, versetzte Cooper. »Konzentrieren Sie sich auf Willie Denver und seinen Kumpel.«

Die Startglocke bimmelte.

»Sie sind gestartet«, verkündete der Ansager.

Ein Pferd namens Lucky Bucky übernahm die Führung und behielt sie bis zur Gegengeraden. Dann kamen die anderen Pferde auf, und Elmo's Fire gewann das Rennen mit einer Kopflänge.

Als das Rennen vorbei war, schlenderte Cooper am Geländer entlang zu einem Punkt, von wo er Hudson und die Blondine besser beobachten konnte. Er wollte sehen, ob die beiden wieder gewonnen hatten.

Die Besucherzahl am Tag des großen Rennens schlug alle Rekorde. 25 262 Personen hatten jeweils zwei Dollar für einen Platz auf der Tribüne bezahlt. Weitere 8710 Personen hatten vier Dollar für einen Platz im Restaurant bezahlt. Zweihundert Saisonkarten, alle, die ausgegeben worden waren, waren vorgezeigt worden. Die Gesamteinnahmen an Eintrittsgeldern beliefen sich auf 85 364 Dollar.

Diese Gelder lagen im Kassenraum.

Auf den Parkplätzen drängten sich 7800 Fahrzeuge. Die Gesamteinnahmen aus Parkgebühren betrugen 8800 Dollar.

Diese Gelder lagen ebenfalls im Kassenraum.

24 200 Programme waren bisher verkauft worden, das Stück zu fünfzig Cents. Die Einnahmen von 12 100 Dollar lagen, abgesehen von dem Wechselgeld, das man den Programmverkäufern gelassen hatte, auch im Kassenraum.

Der Umsatz für die ersten vier Rennen stand auf

1 685 480 Dollar, und etwa fünfzehn Prozent dieses Betrags – 252 822 Dollar – lagen im Kassenraum.

300 000 Dollar waren inzwischen abgepackt und wieder in die offenen Tresorschubladen gelegt worden, um das Startkapital zu ersetzen, das nach dem ersten Rennen für die Auszahlungen gebraucht worden war.

Fast 600 000 Dollar lagen im Kassenraum, und noch war nicht einmal die Hälfte der Rennen gelaufen.

Unmittelbar nachdem die Ergebnisse des vierten Rennens bekanntgegeben worden waren, nahm Arthur Hudson die Wettscheine, die vor ihm auf dem Tisch lagen, an sich. Vier von ihnen steckte er in seine Hemdtasche, die anderen sechzehn in eine Hosentasche. Er sagte etwas zu der Blondine, und sie lächelte. Er stand auf und stieg die Stufen zur Halle hinauf. Er bahnte sich einen Weg durch die Menge zum Kassenschalter für Zwanzig-Dollar-Wetten.

Cooper folgte ihm.

Hudson schob dem Kassier vier Wettscheine hin, strich sein Geld ein und steckte es in eine Brieftasche. Dann steuerte er schnurgerade auf die Herrentoilette zu.

Cooper wartete draußen.

Nach genau sieben Minuten kam Arthur Hudson wieder heraus. Er ging an Henry Cooper vorbei, ohne ihn zu sehen. Er wirkte fahrig und nervös. Er ging steif, den Kopf hoch aufgerichtet, die Augen starr geradeaus.

Keine Aktentasche, dachte Cooper. Kein Behältnis, in dem er die Geräte, die ein Fälscher braucht, hätte mit sich führen können. Und er war bei weitem nicht lange genug in der Toilette, um sechzehn Wettscheine zu fälschen.

Dennoch folgte er ihm.

Hudson marschierte wie ein Roboter zu den Monitoren und studierte die Wetten für das nächste Rennen – bis sich ihm ein alter Mann näherte, der ihm Geld gab. Hudson schüttelte dem Alten die Hand, gab ihm eine Zehn-Dollar-Note und steckte den Rest ein.

Als der alte Mann gegangen war, nahm Hudson Kurs auf den Kassenschalter für die Zwanzig-Dollar-Wetten. Dort ließ er sich zwei weitere Gewinnwetten auszahlen. Gegen jede Regel seiner Branche löste er selbst die gefälschten Wettscheine ein.

Ich habe ihn, dachte Cooper triumphierend.

Hudson schob das Geld in die Brieftasche und durchquerte die Halle. Mit der Rolltreppe fuhr er in den zweiten Stock hinunter. Er kaufte eine Schachtel Zigaretten und knüpfte mit einer hübschen, jungen Frau ein Gespräch an. Wenig später entsandte er sie zum Kassenfenster. Als sie ihm das Geld gebracht hatte, fuhr er hinunter zur Tribüne und trat zum Kassenschalter für Zehn-Dollar-Wetten. Er fischte zwei Wettscheine aus seiner Hemdtasche.

Cooper trat neben ihn. Er legte die Hand über die Wettscheine, noch ehe der Kassier sie nehmen konnte.

»TRPB«, sagte er und griff nach den Wettscheinen.

»Oh, guten Tag«, sagte Hudson und zwinkerte verdutzt. »Stimmt was nicht?«

»Sind das Ihre Wettscheine?« fragte Cooper.

Hudson starrte ihn entsetzt an.

»Sie meinen, man hat mich wieder hereingelegt?«

Cooper lachte.

»Haben Sie den Fälscher geschnappt?« fragte Hudson.

»Sie meinen den großen, blonden, blauäugigen Mann mit der römischen Nase?« versetzte Cooper.

»Ja, den«, sagte Hudson und nickte eifrig.

»Nein, den habe ich noch nicht gefunden. Aber das macht nichts. Dafür habe ich einen anderen Fälscher geschnappt. Kommt fast aufs gleich heraus, nicht wahr?«

Hudson tat immer noch so, als verstünde er kein Wort von dem, was Cooper sagte.

16

Als Jack Killigan um vier erwachte, lag er ausgestreckt neben Rita auf dem Bett. Er trug den Anzug, den er vor fast einer Stunde ausgesucht hatte, und er konnte sich nicht einmal erinnern, sich hingelegt zu haben. Er hatte es doch so eilig gehabt, nach Century Oaks zu kommen . . .

Ich kann es immer noch schaffen. Ich muß hin. Jetzt.

Er setzte sich auf und stützte stöhnend den Kopf in beide Hände. Mühsam stand er auf und machte einige vorsichtige Schritte. Ihm war schwindlig und er hatte Kopfschmerzen, doch irgendwie schaffte er es bis zur Schlafzimmertür und dann bis zum Ende des Flurs. Doch als er so weit gekommen war, mußte er sich setzen und rasten, ehe er es wagen konnte, die Treppe hinunterzusteigen.

Zwei Wächter in Uniform traten in das Vorzimmer zum Büro des Geschäftsführers der Rennbahn. Der größere der beiden sah Cooper kopfschüttelnd an.

»Mr. Killigan ist nirgends zu finden. Andere Leute suchen ihn auch. Er scheint gar nicht auf der Rennbahn zu sein.«

»Ausgerechnet heute?« fragte Cooper ungläubig.

Der Wächter zuckte die Achseln.

Cooper saß auf Molly Barnes' Drehstuhl vor dem schwarzen Kunstledersofa, auf dem Arthur Hudson sich niedergelassen hatte.

»Und die blonde Schönheit?« fragte er den Wächter.

»Sie war nicht am Tisch«, antwortete der Mann. »Ich habe auf sie gewartet –«

»– aber sie ist nicht mehr aufgetaucht«, vollendete Cooper.

»Vielleicht war es weibliche Intuition«, meinte der Wächter, »oder vielleicht hat sie gesehen, daß Sie ihrem Freund gefolgt sind. Ich war jedenfalls unten im Dienstraum und hab' ihre Beschreibung 'rausgehen lassen.« Er klopfte auf das kleine Funkgerät an seinem Gürtel.

»Hoffen wir das beste«, sagte Cooper. »Sie beide bleiben hier. Vielleicht brauche ich Sie.« Er drehte sich zu Hudson herum. »Tja, Arthur, eigentlich wollte ich Sie in Gegenwart des Geschäftsführers vernehmen. Aber wir können einfach nicht länger warten.«

Der Lehrer strich sich mit langen, bleichen Fingern über die Lippen und räusperte sich. Er spielte schon lange nicht mehr das Unschuldslamm, aber er weigerte sich zu sprechen. Er beschränkte sich darauf zu sagen, »ich will einen Anwalt haben«.

Cooper ging auf die Forderung gar nicht ein.

»Sie haben mich belogen, als ich mich Anfang der Woche mit Ihnen unterhielt«, sagte er. »Sie wohnen nicht in dem Motel, das Sie mir angegeben haben. Folglich wissen wir auch nicht, was aus der Blondine geworden ist. Aber früher oder später schnappen wir sie. Warum sagen Sie uns nicht gleich ihren Namen?«

Hudson schwieg.

»Wie sind Sie eigentlich in diese Sache hineingeraten?«

Hudson blieb stumm.

»Sie hat Ihnen gründlich den Kopf verdreht, wie?«

Hudson funkelte ihn wütend an.

»Was unterrichten Sie?«

»Zeichnen«, antwortete Hudson automatisch.

»Ja, zeichnen können Sie prima«, versetzte Cooper.

Hudson starrte auf seine Hände nieder.

»Sie zeichnen wahrscheinlich sehr realistische, detaillierte Szenen. Deshalb brauchten Sie für Ihre Fälschungen auch keinen Riesenutensilienkoffer. Und deshalb waren sie so schwer zu entdecken. Sie brauchten keine Schablonen. Sie brauchten nur etwas, um die Originalziffern auszulöschen und ein paar Farbstifte, um die neuen Ziffern einzusetzen. Das brachten Sie aus freier Hand fertig.«

»Es gibt vielleicht Leute, die das können, aber ich kann es nicht«, entgegnete Hudson, jetzt offensichtlich beunruhigt.

»Aber seien Sie doch nicht so bescheiden«, meinte Cooper. Er wandte sich an die Wächter und sagte, »er hat diese Stifte und Radiergummi bestimmt bei sich. Außerdem sicher auch einige gefälschte Wettscheine. Durchsuchen Sie ihn.«

Hudson hob ruckartig den Kopf. »Das können Sie nicht.«

»Aber warum denn nicht?«

»Ich habe das Recht auf einen Anwalt.«

»Später«, sagte Cooper.

Obwohl der Lehrer sich nach Kräften wehrte, fanden die Wächter alles, was Cooper prophezeit hatte.

»Das beweist gar nichts«, rief Hudson wütend. »Selbst wenn ich wirklich schuldig wäre, würden Sie vor keinem Gericht mit Ihren Methoden durchkommen. Sie haben mich ohne Durchsuchungsbefehl durchsucht. Sie sind nicht einmal von der Polizei. Jedes Gericht würde unter solchen Umständen das Verfahren einstellen.«

Cooper stand auf und beugte sich über ihn.

»Sie sehen die Sache nicht ganz richtig, Mr. Hudson. Es ist mir im Grund ganz gleich, ob Sie ins Gefängnis wandern oder nicht.«

Hudson starrte ihn an. »Ich verstehe nicht.«

»Mir geht es im Moment allein darum, Ihre blonde Freundin zu finden – und das Geld, das Sie beide der Rennbahn im Lauf der Woche gestohlen haben. Ich will das Geld zurückhaben, bis auf den letzten Penny. Dann werde ich dafür sorgen, daß Ihr Foto in unsere Kartei wandert und daß Sie auf keiner Rennbahn mehr zugelassen werden. Wenn Sie außerdem noch ins Gefängnis wandern – nun, das ist allenfalls eine Prämie für mich.« Er lächelte den schmächtigen Mann an. Es war kein freundliches Lächeln. »Sie hat Sie für dumm verkauft, Hudson. Sehen Sie den Tatsachen doch ins Gesicht. Irgendwie hat sie Ihre Bekanntschaft gemacht und sofort erkannt, wozu sie Sie gebrauchen konnte. Und aus lauter Angst, Sie könnten sie verlieren, wenn Sie sie nicht zufriedenstellten, fälschten Sie so viele Wettscheine, daß sie schließlich nicht mehr genug Mittelsleute finden konnten. Deshalb mußten sie die Wettscheine zum Teil selbst einlösen. Wahrscheinlich jeden Tag mehr, weil Ihre Freundin einfach nicht genug bekommen konnte ... Aber jetzt hören Sie mal her. Seit sieben Tagen schufte ich wie ein Irrer. Ich habe kaum geschlafen. Ich habe nicht richtig gegessen. Ich habe sogar angefangen, an meinen Fähigkeiten als Polizeibeamter zu zweifeln. Mr. Hudson, in mir hat sich eine unheimliche Spannung angestaut. Ich meine – die kleinste Provokation kann bei mir zu einer Explosion führen.«

Hudson starrte auf Coopers Fäuste und schauderte.

»Sie würden doch nicht zulassen, daß er tätlich wird«, sagte er zu den beiden Wächtern.

Der eine zuckte die Achseln. Der andere grinste nur.

»Okay«, sagte Hudson. »Okay, okay. Fragen Sie.«

Am Samstagnachmittag um fünf, als jeder mit Vorbereitungen für das große Rennen beschäftigt war, kam Danny Foxen mit einem großen Karton voller Salben und Linimente zur Pferdepflege aus seinem Zimmer. Niemand verschwendete auch nur einen Blick an Danny.

Er marschierte die lange Gasse hinunter bis zu dem großen Strohhaufen, wo die Pferdeknechte das frische Stroh für die Ställe holten. Er stellte den Karton auf einem der Strohballen nieder und setzte sich daneben, als müßte er rasten.

Als er feststellte, daß kein Mensch in der Nähe war, daß niemand ihn beachtete, machte er sich unverzüglich an die Arbeit. Er nahm die Flaschen und Tuben aus dem Karton und hob den Benzinkanister heraus. Er drückte den Kanister zwischen zwei Strohballen. Dann schichtete er alles andere wieder in den Karton und stellte ihn auf den Boden.

Er sah sich aufmerksam um. Er war immer noch allein.

Mit ein wenig Glück würden bei der ersten Explosion brennende Strohhalme auf die Dächer der nächstgelegenen Stallungen und der Schmiede geschleudert werden. Innerhalb von Minuten würden die ersten Ställe lichterloh brennen. Und vielleicht würden ein oder zwei der Klassepferde, die man noch nicht zum Paddock gebracht hatte, in den Flammen umkommen.

Er nahm die Streichholzschachtel aus der Hosentasche, riß ein Hölzchen an und blickte lächelnd in die Flamme. Dann steckte er die Zündschnur an.

Zum erstenmal in seiner Laufbahn als Feuerteufel hatte Danny Foxen einen schweren Fehler begangen. Um die Feuerbombe jederzeit gebrauchsfertig zur Hand zu haben, hatte er sie schon am frühen Nachmittag geschärft. Er hatte den Kanister gekippt, bis sich der Baumwollstoff mit Benzin vollgesogen hatte. Dann hatte er den Bindfaden daran geknüpft, der als Zündschnur diente. In den folgenden vier Stunden jedoch hatte sich auch die Schnur allmählich mit Benzin vollgesogen. Als die Flamme die Zündschnur berührte, brannte diese nicht langsam herunter. Sie ging blitzartig in einer Stichflamme auf. Innerhalb eines Augenblicks hatte die Flamme den Stoffpfropfen erreicht. Noch ehe Danny Foxen auch nur schreien konnte, explodierte die Feuerbombe.

Danny sah Goldmünzen. Dann Schwärze. Er zuckte noch, als eine Minute später die Feuerwehr eintraf. Doch er war tot.

Henry Cooper nahm Hudsons Geständnis gerade auf Band auf, als Bud Teagarten die Tür öffnete. Sofort schaltete Cooper das Gerät aus.

»Ist was passiert?«

»Hinten bei den Stallungen war eine Explosion und dann ein Brand«, sagte Teagarten. »Ein Mann ist ums Leben gekommen.«

»Guter Gott!«

»Sonst ist niemand verletzt. Alle Pferde sind in Ordnung. Nur die Schmiede hat gebrannt.«

»Weiß man schon, was den Brand verursacht hat?« fragte Cooper.

Teagarten nickte. »Gestern nacht hat man bei den Ställen eine Feuerbombe gefunden. Haben Sie nicht davon gehört?«

»Nein«, antwortete Cooper.

»Wahrscheinlich wollte derselbe Verrückte, der gestern von unserem Streifenwagen verscheucht worden ist, heute sein Freudenfeuer legen«, meinte Teagarten.

»Und wer war das?«

»Vielleicht der Mann, der verbrannt ist. Bis jetzt ist er noch nicht identifiziert. Solange nicht sicher ist, wer den Brand gelegt hat, will Oskar die Stallungen völlig abriegeln. Keiner darf 'raus, solange die Sache nicht geklärt ist. Er will sämtliche Leute aus dem Restaurant haben. Ich wollte Sie fragen, ob ich gehen soll oder ob Sie mich brauchen.«

»Was machen denn Denver und der Dicke?« fragte Cooper.

»Gar nichts«, antwortete Teagarten mit einem Ausdruck der Enttäuschung auf dem Gesicht. »Ich glaube, die sind wirklich nur zum Wetten hier.«

»Okay«, meinte Cooper. »Dann gehen Sie 'rüber zu den Stallungen. Ich mache hier fertig. Sobald ich Zeit habe, sehe ich selbst nach Denver und seinem Freund.«

Um siebzehn Uhr fünfzehn, zwischen dem achten und dem neunten Rennen, sollte das große Los der Lotteriewoche gezogen werden. Tausend Dollar winkten dem Gewinner. Jack

Killigan sollte persönlich im Siegerring dem Gewinner gratulieren und ihm den Scheck überreichen.

Doch Killigan war nicht auffindbar.

Zehn Minuten nachdem die Ziehung hätte stattfinden sollten, trat Roy Aspin, der Werbeleiter von Century Oaks, in den Siegerring, um Killigan zu vertreten. Er wartete, während der Ansager, der mit einem Mikrofon in der Hand ebenfalls im Siegerring stand, der Trommel mit den Tausenden von Abschnitten der Eintrittskarten, einen kräftigen Stoß gab. Als die Trommel zum Stillstand gekommen war, öffnete er die Klappe und griff hinein. Er reichte den Abschnitt, den er gezogen hatte, dem Ansager.

»Die Glückszahl heißt . . .« Der Ansager machte eine dramatische Pause. »Prüfen Sie jetzt die Nummern auf Ihren Eintrittskarten. Wer hat die Nummer null-null-null-zwo-zwo-vier? Wenn Sie die Glückskarte in Händen halten, dann gehen Sie zum nächsten Aufsichtsbeamten und lassen Sie sich hierher bringen. Kommen Sie Mr. null-null-null-zwo-zwo-vier!«

Um siebzehn Uhr dreißig stand Edgar Garrison von seinem Platz in der überfüllten Saddle Bar auf und schritt zum Ostende der Halle. Ohne nach rechts oder links zu blicken, stieß er die schwarze Tür mit der Aufschrift ›Kein öffentlicher Zutritt‹ auf. Er verließ sich darauf, daß das Menschengewimmel rundum den Wächtern den Blick auf die Tür versperrte. Er ließ die Tür hinter sich zufallen und wartete einen Moment, um festzustellen, ob ihm jemand folgte. Als niemand ihm nachkam, stieg er acht Betontreppen hinunter und blieb unmittelbar vor dem Torbogen, der in den langen Souterrainkorridor führte, stehen.

Er knöpfte sein Jackett auf und nahm die Browning aus dem Hosenbund. Er entsicherte die Browning. Jetzt war er bereit.

Schritte dröhnten durch das Treppenhaus.

Edgar hob die Pistole und zielte auf den oberen Treppenabsatz. Seine Hand zitterte, aber nur ein wenig. Er war selbst überrascht, wie ruhig er war.

Willie Denver kam um die Ecke, sah die Pistole und sagte: »Wie tot wäre Willie jetzt, wenn er nicht Willie wäre?«

»Mausetot«, versetzte Garrison.

Edgar Garrison hegte nicht mehr den geringsten Zweifel daran, daß er töten würde, wenn ihm keine Wahl blieb. Vor kurzer Zeit noch, wäre er eines Mordes nicht fähig gewesen. Seit er jedoch in den letzten Wochen immer wieder über diese Frage nachgedacht hatte, fand er es nicht mehr undenkbar, daß er einen Menschen töten würde. Zuerst war ihm klargeworden, daß er unter gewissen Umständen sehr wohl imstande war zu töten. Und dann war er zu dem Schluß gelangt, daß es Abstufungen nicht gab, wenn es um Mord ging. Entweder war man ein Killer oder man war es nicht. Und wenn er ein Killer war, dann mußte er der Tatsache ins Auge sehen und seine Erbarmungslosigkeit einsetzen, wenn er sie brauchte, um sich selbst zu retten. Anfangs hatte dieser Gedanke ihn deprimiert, und er hatte sich gefragt, ob er nicht im Grund mit Pat Jessup gleichzusetzen war. Doch bald hatte er erkannt, daß er sich dennoch von Jessup unterschied – weil es Jessup nämlich Vergnügen bereiten würde zu töten.

»Lou wartet oben, um zu sehen, ob ihm und Willie jemand gefolgt ist«, sagte Willie.

Wenige Sekunden später erschien Velinski auf dem Treppenabsatz. Im Gegensatz zu Willie war er völlig lautlos die Treppe heruntergekommen.

»Kann es losgehen?« fragte Garrison.

»Wie geplant«, antwortete Velinski.

»Sie zuerst«, sagte Willie.

Edgar wandte sich von ihnen ab und stieg die letzte Stufe

hinunter. Mit dem Rücken lehnte er sich an die Betonwand neben dem Torbogen.

Wie in einem alten Film, dachte er.

Vorsichtig spähte er um die Ecke in den Korridor. Er war leer. Die Schwenkkamera, die in der Mitte des Gangs von der Decke hing, begann gerade ihre Augenwanderung durch diese Hälfte des Korridors. Garrison zog den Kopf zurück und zählte die Sekunden.

Ein-und-zwanzig.

Zwei-und-zwanzig.

Als Annie vor einer Woche eine Besichtigungstour des Rennplatzes mitgemacht hatte, hatte sie festgestellt, daß die Kamera für eine volle Schwenkung achtundzwanzig Sekunden brauchte.

Drei-und-zwanzig.

Vier-und-zwanzig.

Folglich würde diese Hälfte des Korridors vierzehn Sekunden überwacht sein, dann vierzehn Sekunden unbeobachtet.

Fünf-und-zwanzig.

Um sich nicht gegenseitig zu behindern, mußten sie einzeln hinüberlaufen zum toten Winkel direkt unter der Kameraaufhängung.

Sechs-und-zwanzig.

Sieben ...

Wenn sie sich dann unter der Kamera gesammelt hatten, konnten sie den Kassenraum im Überraschungsangriff nehmen.

Acht-und-zwanzig.

Es kam nicht allein darauf an, den Weg in vierzehn Sekunden zurückzulegen – wenn es auch gewiß nicht ganz einfach war, eine Entfernung von knapp neunzig Metern in vierzehn Sekunden zu bewältigen –, sondern der Weg mußte möglichst geräuschlos zurückgelegt werden. Wenn sie zu laut waren, dann war es aus.

Neun-und-zwanzig.

Drei-ßig.

Ein-und-dreißig.

Sie hatten den Sprint alle geübt und hatten bei der Probe die Uhr schlagen können. Doch unter dem Druck der Realität würden sie vielleicht nicht so gut abschneiden.

Zwei-und-dreißig.

Drei-und-dreißig.

Er hörte das Splittern von Glas und das Krachen von Schüssen und dachte an Granittreppen, die mit blutroten Adern marmoriert waren.

Vier-und-dreißig!

Edgar blickte um die Ecke. Das Auge der Kamera wandte sich ab von dieser Hälfte des Korridors.

Er rannte wie von Furien gehetzt. Er rannte auf Zehenspitzen, fast so leise wie eine Katze. Die abgewinkelten Arme hielt er seitlich gespreizt, in einer Hand die Browning. Er erreichte das Ziel und wäre beinahe darüber hinausgeschossen in die Westseite des Flurs, wo die Kamera ihn gesichtet und Alarm ausgelöst hätte. Im letzten Moment fing er sich. Schwankend stand er auf Zehenspitzen, wedelte mit den Armen, gewann schließlich sein Gleichgewicht und stellte sich flach auf die Füße.

Die folgenden vierzehn Sekunden waren die längsten in Garrisons Leben. Er wartete förmlich darauf, daß die Tür des Kassenraums sich öffnen würde, und er wußte, daß er niemals imstande sein würde, die Wächter abzuschrecken.

Als die Kamera endlich eine neue Schwenkung begann, kam Willie. Mit gesenktem Kopf und flatternder Krawatte eilte er leichtfüßig auf Garrison zu. Er machte wesentlich mehr Lärm als Garrison, doch nicht genug, um die Aufmerksamkeit der Leute im Kassenraum zu erregen.

Jede der folgenden vierzehn Sekunden war eine Ewigkeit.

Einer Karikatur ähnlich, mit schwabbelndem, auf und ab hüpfenden Hängebauch, rannte Lou Velinski in den Korridor hinaus. Seine Füße wirkten lächerlich klein im Vergleich zu seinem Umfang. Er sah aus wie ein Flußpferd, dem die Natur Rehhufe mitgegeben hatte.

Er hielt die dicken Arme ausgebreitet, die Finger gespreizt, als hielten sie kostbares Prozellan. Wenn nicht von seiner Leistung ihr Leben abgehangen hätte, dann hätten sie ihn komisch finden können. Statt dessen jedoch machte Garrison grauenhafte Ängste durch. Velinski bewegte sich zwar fast lautlos – doch er war so langsam.

Sieben-und-zwanzig.

Velinski hatte noch nicht einmal die Hälfte der Strecke hinter sich, doch schon war die Hälfte der Zeit verbraucht.

»Schnell!« flüsterte Willie heiser.

Neun-und-zwanzig.

Unvermittelt wandelte sich Velinskis Gesichtsausdruck. Seine verkrampften, vor Anstrengung verkniffenen Züge entspannten sich. Er lächelte beinahe. Und, bei Gott, er rannte schneller.

Drei – – – ßig.

Ein-und-dreißig.

Edgar blickte zur Kamera hinauf, die unerbittlich weiter wanderte. Er erflehte einen Stromausfall.

Zwei-und-dreißig.

Drei-und-dreißig.

Velinski, der ihnen wie ein riesiger Gummiball entgegenhüpfte, blickte zum erstenmal zur Kamera hinauf. Er riß den Mund auf. Er legte alle Kraft, die ihm zur Verfügung stand, in den letzten Sprung.

Vier-und-

Der Dicke erreichte den toten Winkel genau in dem

Moment, als die Kamera in den östlichen Arm des langen Korridors einschwenkte. Von seinem eigenen Schwung fortgetragen trippelte Velinski fünf oder sechs Schritte in den Westteil des Flurs hinein, ehe er anhalten konnte. Grinsend kam er zu ihnen.

Keiner sagte ein Wort.

Willie, zitternd und bleich, zog seine Pistole aus dem Hosenbund und entsicherte sie. Velinski tat es ihm nach. Dann zog er die weiße Schlüsselkarte aus der Innentasche seines Jacketts. Er sah Garrison fragend an.

Edgar nickte.

Velinski trat zu der Stahltür und steckte die Karte in den Schlitz. Einen Moment lang geschah gar nichts, und schreckliche Befürchtungen überkamen die drei Männer. Dann wurde die Karte ausgestoßen, und die Tür öffnete sich.

Sie gingen hinein.

Zehn Männer befanden sich im Raum. Fünf zählten an den Tischen beim offenen Tresor das Geld. In der Nähe der Tür standen fünf Wächter, drei in Uniform, zwei in Zivil. Alle machten überraschte Gesichter, als Garrison, Denver und Velinski mit gezogenen Waffen eintraten. Ein Wächter rief etwas Unverständliches und wollte nach der Waffe greifen.

»Hände hoch«, sagte Garrison, »oder wir schießen.«

Ely Grimes folgte dem Aufsichtsbeamten zum Siegerring. Die warme Luft roch frisch und sauber. Der Himmel war hoch und hell und blau. Seit Monaten hatte sich Ely nicht so gut gefühlt.

Als Elys Nummer ausgerufen worden war, hatte er darin ein Omen gesehen, ein Zeichen dafür, daß sich das Glück nun endlich ihm zugewandt hatte. Von jetzt an konnte er gar nicht mehr verlieren. Er wußte es.

Irgendwie war es geschehen, daß Lucky Bucky im vierten

Rennen nicht gekommen war. Die Stute hatte von Anfang an geführt, sie hätte Ely für seine fünfhundert Dollar sechstausend gebracht, wenn sie gesiegt hätte. Doch dann war etwas passiert. Lucky Bucky war aus dem Rhythmus gekommen. Vielleicht hatte irgend etwas das Tier erschreckt. Auf jeden Fall war die Stute plötzlich zurückgefallen und hatte den Rückstand nicht wieder gutmachen können.

Nun, das ist jetzt vorbei, sagte sich Ely Grimes glücklich. Vergiß es. Jetzt brauchst du nur noch an die Zukunft zu denken, an das letzte Rennen, in dem Magic Pitcher siegen wird.

Während Roy Aspin Grimes' Namen auf den Tausend-Dollar-Scheck schrieb, verkündete der Ansager: »Der Gewinner ist Mr. Ely Grimes aus Tenafly, New Jersey.« Er wandte sich an Ely: »Was werden Sie mit den tausend Dollar anfangen, Mr. Grimes?«

Ely wich vor dem Mikrofon zurück, das der Mann ihm unter die Nase hielt.

»Äh – ich setze sie auf ein Pferd«, sagte er.

Den Leuten gefiel die Antwort. Man quittierte sie mit Beifall und Bravo-Rufen.

Blitzlichter flammten auf, als Roy Aspin Ely den Scheck überreichte und ihm die Hand schüttelte. Ely ignorierte die Kameras.

»Wird der an den Wettschaltern angenommen?« fragte er.

»Der Scheck?« versetzte Aspin. »Nein. Das ist gesetzlich verboten.«

»Würden Sie mir dann den Scheck bitte einlösen«, sagte Grimes.

»Jetzt?«

»Ja, jetzt gleich, bitte.«

»Äh – natürlich«, erwiderte Aspin. »Gleich nach dem Rennen –«

»Ich brauche das Geld für das letzte Rennen«, fiel Ely ihm ins Wort.

Aspin kratzte sich am Kopf und sagte: »Bis zum Start sind es nur noch neun Minuten. Ich fürchte, die Zeit reicht nicht –«

Ely hörte gar nicht hin. Wenn er mit einer echten Altersversorgung für Clara nach Hause kommen wollte, dann mußte er dieses Geld auf Magic Pitcher setzen. Seine Stimme wurde laut, als er sagte: »Wenn Sie ihn nicht einlösen können, dann will ich ihn nicht haben.«

Einer der Reporter trat näher. »Wie war das?«

Aspin nahm Ely den Scheck aus der Hand und sagte: »Ach, nichts.«

»Er will den Scheck nicht haben«, sagte der Reporter.

»Er möchte lieber Bargeld«, erklärte Aspin. Er lächelte Ely an und dann die Reporter. »Und wir werden selbstverständlich dafür sorgen, daß er es bekommt.«

»Jetzt?« fragte Ely.

»Unsere Buchhaltung ist unten im Kassenraum«, sagte Aspin. »Er wird Ihnen das Geld geben. Dann müßten Sie es zum Wettschalter eigentlich noch schaffen.«

»Schnell«, sagte Ely.

Er folgte Aspin aus dem Siegerring.

17

Er trat durch die Doppeltür, und Greenfield folgte ihm auf dem Fuß.

Acht Minuten vor dem letzten Rennen waren nur noch fünf Menschen im Ausstellungsraum. Ein gutaussehendes junges Paar stand vor dem Glaskasten mit der Million. Die beiden stellten einem der Wächter Fragen, und der gab ausführliche Antworten, während er die junge Frau beäugte. Die beiden anderen Wächter standen beieinander am einen Ende des Raums. Sie musterten Jessup und Greenfield mit einem flüchtigen Blick und gaben sich dann wieder ihrer Debatte über das Leistungsvermögen der Pferde hin, die für das letzte Rennen gemeldet waren.

»Wie sieht's aus?« fragte Jessup.

»Bestens«, antwortete Greenfield.

»Dann nichts wie 'ran.«

Greenfield stellte seine große Aktentasche nieder, griff hinein und holte ein großes Pappschild heraus. Auf dem Schild, das bereits mit einer Schnur zum Aufhängen versehen war, stand in dicken Lettern ›Geschlossen‹. Greenfield hatte es selbst angefertigt. Mit selbstverständlicher Gelassenheit hing er das Schild an einem der äußeren Türknöpfe auf und trat dann wieder in den Raum.

Pat Jessup blieb etwa ein halbes Dutzend Schritte von der Tür entfernt stehen und nahm den Deckel von der Blumenschachtel, die er trug.

Im selben Moment zog Greenfield die Doppeltür zu und lehnte sich mit dem Rücken dagegen.

»He, was soll das?« rief einer der Wächter.

Jessup ließ die Blumenschachtel zu Boden fallen und hob die Hand mit der Maschinenpistole. Er grinste.

Die Wächter starrten wie gebannt auf die Mündung der Waffe. Keiner von ihnen versuchte auch nur, nach seinem Revolver zu greifen.

»Es passiert keinem was, wenn jeder tut, was ich sage«, erklärte Jessup.

»Damit kommen Sie nie durch«, sagte einer der Wächter.

Ohne auf ihn einzugehen, schwenkte Jessup die Maschinenpistole zu dem jungen Paar und dem dritten Wächter hin.

»Da hinüber, aber schnell.«

Sie gehorchten und stellten sich mit den beiden anderen Wächtern in eine Reihe neben dem Glaskasten.

»Gut«, sagte Jessup. »Jetzt legen sich alle außer der Frau flach auf den Bauch.«

Der Begleiter der jungen Frau fragte erschrocken: »Was haben Sie mit ihr vor?«

»Nichts«, versetzte Jessup, »solange Sie keine Dummheiten machen. Wenn Sie frech werden, bringe ich sie um.«

Keiner rührte sich.

»Runter mit euch.«

Sie zuckten zusammen, als er mit der Maschinenpistole gestikulierte, und sie gehorchten. Das Mädchen stand hinter ihnen, mit hängenden Armen und bleichem Gesicht.

»Und daß sich ja keiner von Ihnen einbildet, er kann mir dumm kommen«, sagte Jessup. »Ich hab' solche Sachen schon hundertmal gemacht, und bis jetzt hat keiner mich auch nur angeschossen. Kapiert?«

Keiner sagte etwas.

Greenfield trat von der Tür weg. Mit seiner Aktentasche durchquerte er das Zimmer und stellte die Mappe neben dem Mädchen nieder. Er entnahm ihr verschiedene Dinge und marschierte schnurstracks zur anderen Seite des Glaskastens.

Jessup blieb hinter den liegenden Männern stehen und bedrohte sie mit der Maschinenpistole.

»Okay«, sagte er, »Hände auf dem Rücken falten.« Als sie der Aufforderung nachgekommen waren, fragte er das Mädchen: »Wie heißen Sie?«

»Wie ich heiße?«

»Genau.«

Sie war schlank und dunkelhaarig mit braunen Augen und einem großen Mund. Sie hatte die Beine eines Revuegirls. Klasse.

»Pamela«, antwortete sie leise, aber nicht ängstlich.

»Pamela«, sagte Jessup, »in der Aktentasche sind vier

große Rollen Klebstreifen und eine Schere. Sie kleben jetzt jedem von den Männern da unten die Hände zusammen. Schneiden Sie aber den Streifen nicht ab, wenn sie von einem zum anderen gehen. Wenn Sie fertig sind, muß jedes Paar Hände gefesselt und mit den Händen des Nachbarn verbunden sein. Haben Sie das verstanden?«

Sie nickte.

»Dann kleben Sie jedem einzelnen den Mund zu. Danach machen Sie es mit den Füßen wie vorher mit den Händen. Und lassen Sie den Burschen ja keinen Spielraum. Ich passe auf.«

Sie bückte sich zur Aktentasche hinunter.

»Und noch was, Pamela.«

Sie blickte zu ihm auf.

»Bilden Sie sich nicht ein, mit der Schere ließe sich was anfangen«, sagte Jessup lächelnd. »Noch ehe Sie überhaupt in meine Nähe kämen, hätten Sie schon zwanzig blaue Bohnen in Ihrem hübschen Busen.«

Einen Moment lang starrte sie ihm voller Ekel ins Gesicht, dann machte sie sich an die Arbeit. Zwei Minuten vor dem Start des Rennens war sie fertig, während Greenfield sich noch an dem Glaskasten zu schaffen machte.

»Auf den Bauch«, sagte Jessup nun zu ihr.

Sie streckte sich aus und legte die Hände auf den Rücken. Er kniete neben ihr nieder und fesselte sie mit Klebeband. Als Jessup ihr den Mund verkleben wollte, biß sie ihn in die Finger. Es tat weh, doch er zeigte es nicht. Er lachte und schlug ihr zweimal ins Gesicht. Dann klebte er ihr das Band über den Mund.

Auf der anderen Seite des kugelsicheren Schaukastens war Vince Greenfield inzwischen fast bis zum Geld durchgestoßen. Er hatte zwei Saugnäpfe fest in die Mitte der Glasscheibe gedrückt. Mit einem Diamantglasschneider skizzierte er in der Mitte der Scheibe ein Rechteck von etwa 1,50 mal

60 und fuhr mehrmals die Linien des Rechtecks entlang. Dann tropfte er mit einer Pipette aus rostfreiem Stahl und Gummi Säure aus einer kleinen Stahlflasche in die Ritzen, die er in das Glas gezogen hatte. Dort, wo die gelbliche Flüssigkeit über die glatte, geschliffene Oberfläche rann, zeigte sich nicht die geringste Reaktion; doch da, wo sie in die Ritzen tröpfelte, die unter die verglaste Oberfläche reichten, fing es an zu zischen und zu dampfen.

Jessup schnüffelte und sagte: »Stinkt ganz schön.«

Greenfield nickte.

»Was passiert, wenn man das Zeug auf die Haut bekommt?«

»Nicht viel. Es ist eine Kombination aus zwei Säuren. Die eine baut Silikatmoleküle ab, die andere frißt Blei.«

»Das Glas enthält Blei?«

»Natürlich. Es ist kugelsicher, voller Bleiteilchen. Aber bei meiner Spezialmischung hier hilft das auch nichts.«

»Hoffen wir's«, meinte Jessup und warf einen Blick auf die fünf Gefangenen.

»Das Rennen wird gleich anfangen«, sagte er zu Greenfield.

»Keine Sorge«, versetzte Greenfield.

»Ich mache mir keine Sorgen. Ich wollte dich nur daran erinnern.«

»Hol' die Mappe«, sagte Greenfield.

Jessup tat es.

Greenfield stand auf und umfaßte die Hartgummigriffe der beiden großen Saugnäpfe. Er zog einmal, zweimal, wartete einen Moment, zog wieder. Beim drittenmal löste sich das Glasrechteck, und er legte es vorsichtig auf den Boden. Er hatte den Glaskasten nicht oben, sondern seitlich geöffnet und so das Schloß und die damit verbundene Alarmanlage unberührt gelassen; in der Seitenscheibe des Schaukastens klaffte jetzt ein ansehnliches Loch, doch es heulten keine Sirenen und es bimmelten keine Glocken.

Als die Tür zum Kassenraum sich öffnete, folgte Ely Grimes Roy Aspin in ein Zimmer, in dem mehrere bewaffnete Männer standen.

»Eine Bewegung und Sie sind tot«, fuhr ein Kahlköpfiger sie an.

So überrascht Grimes war, er erkannte die Lage augenblicklich. Sieben Männer, darunter zwei uniformierte Wächter, standen mit gespreizten Beinen und erhobenen Armen mit den Gesichtern zur Wand. Drei weitere Männer lagen mit Klebeband gefesselt auf dem Boden. Der Kahlköpfige und seine beiden bewaffneten Begleiter waren offensichtlich Räuber.

»Los, an die Wand zu den anderen«, befahl der Kahlköpfige.

»Damit kommen Sie nie durch«, sagte Aspin.

»An die Wand«, wiederholte der Kahlköpfige ungeduldig.

Aspin gehorchte.

Wie aus weiter Ferne hörte Ely sich selbst sagen. »Nein.«

Die Räuber starrten ihn ungläubig an.

Magic Pitcher. Die letzte Chance. Clara muß nach meinem Tod versorgt sein.

»Für Scherze ist jetzt keine Zeit«, sagte der Dicke in einem Ton als schelte er ein Kind.

»Aber Sie haben ja keine Ahnung«, entgegnete Ely. »Ich muß meinen Scheck einlösen, damit ich das Geld auf Magic Pitcher setzen kann. Bitte, lassen Sie mich nur meinen Scheck einlösen, damit ich meine Wette placieren kann. Ich sage keinem Menschen etwas davon, daß Sie hier sind. Bestimmt nicht.«

»Quatscher«, sagte der Dicke und ging auf ihn zu.

Ely wich einen Schritt zurück.

»Nein, warten Sie. Ich habe diese Woche sechstausend verloren. Es ist ein verrücktes System, aber es funktioniert. Und die Hypothek, und das Geld vom Sparkonto. Ich muß Clara etwas hinterlassen. Wenn ich tot bin – ich – verstehen Sie denn das nicht?«

»Aber natürlich«, versetzte der Dicke mit einem warmen Lächeln und streckte die Hand nach Elys Arm aus.

»Nein! Verdammt nochmal, nein!« schrie Ely.

Er wirbelte herum und rannte durch die offene Tür in den Korridor hinaus.

Der Dicke rief ihm etwas nach.

Ely blickte zurück und sah, wie der Dicke seine Pistole hob. Ein Schlag traf ihn in den Rücken. Er stolperte, stürzte, rutschte auf dem Gesicht über den Betonboden.

Seine letzten Gedanken wirbelten auseinander wie die aufspritzenden Splitter einer Handgranate: Lebensversicherung, zehntausend, das Doppelte bei Unfall, also zwanzigtausend. Eine Altersversorgung für Clara – zwanzigtausend – warum hab' ich daran nicht früher gedacht.

Dann hörte er den donnernden Hufschlag eines näherkommenden Pferdes, doch er konnte das Pferd nicht sehen. Das donnerte und donnerte – Und als das unsichtbare Tier vorbei war, blieb nichts als tiefe, endlose Schwärze.

Greenfield kam mit dem Rest des Geldes aus dem Schaukasten. Er hatte es mit Müh' und Not in die Aktentasche stopfen können.

»Da könnte man nicht einen Dollar mehr 'reinkriegen«, sagte er.

»Eine Minute bis zum Start«, dröhnte die Stimme des Ansagers aus dem Lautsprecher.

»Verdammt knapp«, meinte Jessup.

Greenfield kniete nieder, die Aktentasche zu schließen.

»Steck' deine Knarre lieber wieder in die Blumenschachtel.«

»Natürlich«, sagte Jessup hinter ihm stehend.

Er nahm die Maschinenpistole beim Lauf, schwang sie hoch und ließ den Metallkolben auf den Schädel des anderen Mannes niedersausen.

Greenfield brach über der Aktentasche zusammen und rollte auf den Rücken. Blut floß aus seinen Ohren, und seine Augen waren weit geöffnet.

»Dreihundertdreiunddreißigtausend in der Tasche«, sagte Jessup.

Die Gefangenen hatten den Mord mitangesehen. Plötzlich wurden sie unruhig. Sie rissen an ihren Fesseln, versuchten verzweifelt, sich zu befreien.

»Immer mit der Ruhe«, sagte Jessup zu ihnen. »Wenn ich euch umbringe, verdiene ich nichts dabei.«

Er legte die Maschinenpistole in die Blumenschachtel und klemmte die Schachtel unter den linken Arm. Mit der rechten Hand hob er die Aktentasche vom Boden auf. Sie war ziemlich schwer, doch Jessup war ein kräftiger Mann. Er drückte einen Flügel der Doppeltür auf, zwängte sich durch den Spalt und ließ die Tür wieder hinter sich zufallen.

Die appetitliche Blondine hieß Elsa Dorsey. Sie war neunundzwanzig Jahre alt und hatte auf verschiedenen Rennbahnen als Kassierin gearbeitet, ehe sie Arthur Hudson begegnet war und ihn überredet hatte, sich auf Wettscheinfälschung zu verlegen.

Als die Meldung kam, daß Elsa mit einer Einkaufstasche voll Geld beim Verlassen ihres Motelzimmers gefaßt worden war, stieß Cooper einen Triumphschrei aus. Er übergab Arthur Hudson den Beamten der State Police, die gekommen waren, ihn abzuholen. Trotz der langen Tage und der nahezu schlaflosen Nächte fühlte sich Cooper glänzend.

Er ging in den dritten Stock hinunter, um die letzten Minuten des Tages der Überwachung von Willie Denver und seinem Freund zu widmen. Doch als er am Geländer stand und ins Restaurant hinunterblickte, sah er, daß ihr Tisch leer war.

»Das Rennen beginnt«, verkündete der Ansager. »Die Wettschalter sind jetzt geschlossen.«

Ganz instinktiv, mit dem sechsten Sinn, der den guten Polizeibeamten ausmacht, wußte Cooper, daß etwas nicht stimmte. Gleich sollte das große Rennen starten. Die Zuschauer waren auf ihren Plätzen, um ihre Favoriten anzufeuern. Als Cooper an den Wettschaltern vorübergekommen war, hatte er nur noch eine Handvoll Wetter beim Kauf von Wettscheinen gesehen. Denver und der Dicke waren nicht unter ihnen gewesen. Jetzt waren die Schalter geschlossen. Die Pferde standen in den Startboxen. Denver und sein Freund hätten an ihrem Tisch sitzen müssen. Aus welchem Grund hätten sie gerade vor dem großen Rennen gehen sollen? Da stimmte etwas nicht.

Ein Gedanke rührte sich in seinem Hirn; ein Gedanke, dem er schon viel früher am Tag hätte Beachtung schenken müssen. Er versuchte ihn zu fassen, doch er entwischte ihm wie ein flatternder Schmetterling. Der Schmetterling flog auf und nieder und tauchte unter in der Finsternis seines Unterbewußtseins – und dann hatte er ihn!

»Oh, mein Gott!« sagte er.

Seit Teagarten ihm berichtet hatte, hatte Cooper in Willie Denver nichts weiter gesehen als den Mittelsmann eines Buchmachers. Doch Teagarten hatte außerdem berichtet, daß Denver zweimal wegen bewaffneten Raubüberfalls Strafen verbüßt hatte. Plötzlich war Cooper gewiß, daß Denver allein in seiner Eigenschaft als abgebrühter Einbrecher und Räuber eine Gefahr war.

Doch was, in Gottes Namen, gab es hier zu stehlen? Die

Sicherheitsvorkehrungen auf einer Rennbahn waren strenger als bei einer Schweizer Bank. Hatten sie vor, einen Wettschalter zu überfallen? Einen lumpigen Schalter? Waren sie so dumm, für ein paar tausend Dollar ein solches Risiko einzugehen?

»Die Pferde sind startbereit«, dröhnte es aus dem Lautsprecher.

Keine Zeit, dachte Cooper verzweifelt. Wenn ein Raubüberfall stattfinden soll, dann ist es entweder schon geschehen oder wird jeden Moment geschehen.

Er kämpfte die aufsteigende Panik nieder und eilte in die Halle.

Und unsere Leute sind wegen dieses verdammten Brands hinten bei den Stallungen. Wahrscheinlich bin ich sogar der einzige hier im Gebäude.

Unschlüssig blieb Cooper stehen. Er hatte keine Ahnung, wo und wie Willie Denver zuschlagen wollte, wenn er überhaupt zuschlug. Und dann fiel ihm der Ausstellungsraum ein, das Geld im Schaukasten, eine Million Dollar in bar. Er rannte durch die Halle, schlängelte sich zwischen verdatterten Menschen hindurch und stieß einen Schrei des Erschreckens aus, als er das Schild an der geschlossenen Tür des Ausstellungsraums sah.

18

Während des achten Rennens hatte Annie Sherred ihren Platz auf der Tribüne verlassen. Auf dem Weg zur Treppe, die ins Restaurant hinaufführte, hatte sie das gefälschte Presseabzeichen am Revers ihres Jacketts festgemacht. Der Wächter, der den Durchgang zwischen Tribüne und Restaurant bewachte, hatte sie angelächelt und sie ohne Frage passieren lassen.

Im dritten Stock war sie durch die schwarze Tür mit der Aufschrift ›Kein öffentlicher Zutritt‹ gegangen und in die vierte Etage hinaufgestiegen als wollte sie zum Presseraum. Statt dessen jedoch eilte sie hastig zu dem winzigen Archivraum, wo sie die Tür schloß und sich niedersetzte, um auf den Beginn des neunten Rennens zu warten.

Um Viertel vor sechs stellte sie sich ans Fenster und spähte vorsichtig auf die Bahn hinunter. Als sie sah, daß die Pferde in den Startboxen standen, trat sie zur Mitte des Fensters, um Savestio das Zeichen zu geben.

Sie wartete jeden Moment darauf, daß die Tür hinter ihr sich öffnen würde. Doch das geschah nicht.

Das Signal war notwendig, um sicherzustellen, daß Savestio nicht zu früh auf dem Dach des Restaurants landete. Ein Hubschrauber, der über die Rennbahn knatterte und auf dem Dach landete, würde nicht unbeachtet bleiben. Wenn er wesentlich früher als benötigt kam, würde das ebenso zur Katastrophe führen wie eine Verzögerung.

Als eine volle Minute verstrichen war, wandte sich Annie vom Fenster ab und ging zur Tür. Sie zog sie einen Spalt auf und fuhr zurück, als sie zwei Beamte der State Police mit einem dritten Mann durch den Korridor gehen sah. Der Mann zwischen den beiden Beamten war klein und schlank. Einen Moment lang hielt sie ihn für Willie. War schon etwas schiefgegangen? Sie zog die Tür weiter auf und lehnte sich hinaus, und da erkannte sie, daß der kleine Mann unmöglich Willie Denver sein konnte. Er trug einen zerknitterten Anzug von der Stange, der ausgesprochen schlecht saß.

Als der lange Flur wieder leer war, huschte sie aus dem kleinen Raum hinaus und stieg wieder in den dritten Stock hinunter. Von dort fuhr sie mit der Rolltreppe weiter nach unten. Sie verließ das Gebäude durch den Haupteingang zum Restaurant.

Auf dem Parkplatz sah sie Pat Jessup. Er war keine hundert Meter entfernt und eilte auf einen blauen Chevrolet zu, den er in Harrisburg gestohlen hatte. Vince Greenfield saß offenbar schon im Wagen, denn er war nirgends zu sehen.

Sie ging direkt zu ihrem schwarzen Corvette, stieg ein, schnallte sich an, startete den Motor. Plötzlich zitterte sie so stark, daß sie nicht loszufahren wagte.

Mitten im Lauf den Hang hinunter überfiel Dominick plötzlich die Erinnerung an den Waldpfad in Vietnam, auf dem die Mine explodiert war. Vor Schreck stolperte er und stürzte. Er rollte hilflos um sich schlagend durch dorniges Brombeergesträuch und schrie auf, als die Dornen sich in seine bloßen Arme einkrallten. Er umklammerte einen jungen Lorbeerbusch, doch die Blätter rissen unter dem verzweifelten Zugriff seiner Hände und verspritzten grünen Saft über seine zerschrammten Finger. Hart schlug er gegen einen Felsbrocken und prallte mit dem Kopf gegen einen Steinvorsprung. Finsternis drohte ihn einzuhüllen.

Mühsam richtete er sich auf die Knie auf, umklammerte die Ausbuchtungen des Felsbrockens wie ein Bergsteiger, der unter sich die bodenlose Schlucht weiß. Es kostete ihn Anstrengung zu Atem zu kommen. Er hatte das Gefühl, als hinge ein Gewicht an seiner Brust. Er zog sich hoch. Als er wieder auf den Füßen stand, machte er nur sechs Schritte, ehe er erneut stolperte und stürzte.

Blut strömte über sein Gesicht aus einer Wunde in der Stirn. Ihm war schwindlig und übel vor Schmerz. Am liebsten wäre er gar nicht mehr aufgestanden.

Zweihundert Morgen, dachte er.

Er rappelte sich hoch und rannte weiter.

Leroy Franson, der schwarze Hauptbuchhalter, sagte: »Aber Sie können uns doch nicht zu sechst in den Tresor pferchen.«

»Halten Sie den Mund«, versetzte Garrison ungeduldig.

»Wir haben keine Zeit, jeden einzelnen von Ihnen zu fesseln. Entweder Sie marschieren in den Tresor oder Sie kriegen eine Kugel in den Kopf. Entschließen Sie sich.«

»Da drin reicht doch die Luft gar nicht für sechs Leute.«

»Die wird schon reichen.«

»Da leben wir keine Viertelstunde.«

»Keine Sorge«, versetzte Garrison. »In einer Viertelstunde wimmelt's hier von Bullen. Da kommen Sie schon rechtzeitig wieder 'raus.«

»Ich weigere mich –« begann der Schwarze.

Überrascht über die eigene Brutalität schlug Garrison Franson mit dem Lauf seiner Browning unter das Kinn. Er sah, wie der Mann Blut spie und sagte: »Los, machen Sie schon.«

Edgar wußte, daß sie mit dem Unerwarteten rechnen mußten. Bei jedem Unternehmen, das so kompliziert war wie dieses, mußten Überraschungen auftauchen, nicht vorhergesehene Krisen. Dennoch hatten die Schießerei und der Tod des Fremden, der mit Roy Aspin in den Kassenraum gekommen war, ihn fast aus der Fassung gebracht. Immer wieder dachte er an jene Bankräuber auf den blutbespritzten Granitstufen.

Widerstrebend zwängten sich der Hauptbuchhalter und die anderen fünf Männer in den Tresor. Edgar drückte die schwere Tür zu und schloß ab.

In einer Viertelstunde sind sie längst gefunden, sagte er sich.

Er ging zum anderen Ende des Raums, wo Willie eben den letzten Beutel mit Geld in die Wäschewagen verladen hatte.

»Fertig?« fragte Edgar.

»Nach meiner Uhr fängt jetzt etwa das neunte Rennen an«, sagte Velinski.

Er stand neben den drei Männern, die gebunden und geknebelt auf dem Boden lagen, und hielt seine Pistole auf zwei uniformierte Wächter gerichtet, die zwar nicht gefesselt waren, denen man aber ihre Waffen abgenommen hatte.

»Raus in den Flur«, befahl Velinski den Wächtern.

Widerwillig gehorchten sie.

Willie und Edgar schoben die Wäschewagen aus dem Kassenraum und schlossen die Tür.

»Wartet aber auf mich.«

»Mensch«, versetzte Willie mit rauher Herzlichkeit, »du hast doch viel zu viel von dem Geld, als daß dich einer im Stich lassen würde.«

Der Dicke nahm einen der uniformierten Wächter mit sich zum Aufzug am Westende. Der Wächter schob den Wäschewagen.

Edgar und Willie folgten ihrem Wächter und ihrem Wäschewagen zum Ostaufzug. Nachdem der Wächter mit dem Wagen eingestiegen war, folgte Garrison ihm und stellte sich hinter ihm auf. Willie blieb im Flur. Die ›Sammler‹ waren an eine bestimmte Routine gewöhnt; sie waren es gewöhnt, stets einen uniformierten Wächter und einen Wächter in Zivil im Aufzug zu sehen. Wenn sie plötzlich drei Männer im Lift entdeckten, würden sie vielleicht mißtrauisch werden. Deshalb wollte Edgar im vierten Stock den Aufzug verlassen und ihn zu Willie ins Souterrain hinunterschicken.

»Klappt ja glänzend«, bemerkte Willie, als hätte er Garrisons Unbehagen gespürt.

»Bisher, ja.«

Die Aufzugtüren schlossen sich, und sie fuhren ins Erdgeschoß hinauf. Unterwegs sagte Edgar zu dem Wächter. »Ich habe meine Pistole in der Jackentasche. Ich kann Sie in den Rücken schießen, noch ehe Sie zwei Worte herausbringen.«

»Keine Sorge«, versetzte der Wächter. »Ich bin nicht zum Heldentum geboren. Außerdem werden Sie ja doch erwischt.«

Die Türen glitten auseinander.

Ein ›Sammler‹ stand draußen. Er lächelte und warf einen großen, grauen Sack voller Geld in den Wagen. Dann reichte er dem uniformierten Wächter einen roten Zettel.

»Toller Umsatz«, sagte er. In seiner Stimme lag keine Spur von Argwohn.

Die Türen schlossen sich. Der Aufzug schwebte nach oben.

Nach einigen Sekunden absoluter Stille in dem finsteren Tresor sagte einer der Männer von der Buchhaltung, »Mensch, Leroy, an Ihnen ist ein Schauspieler verlorengegangen.«

»Dafür hab' ich mir eine aufgeplatzte Lippe eingehandelt«, versetzte Franson. »Aber ich glaube, es hat sich gelohnt.«

Roy Aspin räusperte sich nervös.

»Was reden Sie da eigentlich?« fragte er mit zitternder Stimme.

»In einer dieser Schubladen hier«, erklärte Leroy Franson, »ist ein Haustelefon.«

»Menschenskind, in welcher denn?« rief Aspin.

»Das eben müssen wir feststellen«, erwiderte Franson. »Ich habe hier ein bißchen die Orientierung verloren, wissen Sie.«

Zu seiner Linken klapperte etwas, und ein anderer Mann sagte: »Hier ist es. Direkt neben meinem Kopf.«

Ehe Franson etwas sagen konnte, wurde ihm das Telefon gereicht. Er hob den Hörer ab und wartete darauf, daß die Telefonistin sich meldete. Doch er hörte nur ein stetiges Summen. Immer wieder drückte er auf diverse Knöpfe, schneller und schneller, doch die Telefonistin rührte sich nicht.

»Was ist denn?« fragte Aspin.

»Diese dämliche Ziege!« schimpfte Franson. »Während der Rennen kommen so selten Anrufe, daß die Mädchen ab und zu einfach davonschleichen, um schnell einen Happen zu essen.«

»Und jetzt ist sie davongeschlichen?« fragte Aspin enttäuscht.

Franson bearbeitete immer noch die Knöpfe.

»Scheint so«, erwiderte er.

Eine Minute verstrich. Dann noch eine. Die Wände des Tresors schienen näherzurücken.

Noch immer rührte sich die Telefonistin nicht.

»Die bring' ich um«, knirschte Aspin.

»Aber schön warten, bis Sie drankommen«, sagte Franson.

19

Edgar, der Wächter und der Wäschewagen verließen den Ostaufzug im vierten Stock. Edgar schickte den Lift wieder ins Souterrain hinunter.

»Was ist denn los?« fragte der ›Sammler‹, den diese Abweichung von der Routine neugierig gemacht hatte.

Edgar zeigte ihm die Browning, weil er wußte, daß kaum Hoffnung bestand, den Mann zu täuschen.

»Dreizehn Schuß«, sagte er kalt. »Und ich bin ein guter Schütze.«

»Aber warum –« begann der ›Sammler‹.

»Das ›Warum‹ geht Sie nichts an«, versetzte Garrison. »Sorgen Sie nur dafür, daß sich hier alle ruhig verhalten.« Er starrte dem ›Sammler‹ ins Gesicht. »Haben Sie verstanden? Oder wollen Sie dran schuld sein, wenn hier einer ums Leben kommt?«

Der dunkelhaarige, schlanke Mann schüttelte den Kopf und schwieg.

Hinter Garrison hielt der Aufzug an, und Willie Denver trat heraus.

»Jetzt haben wir zwei Pistolen«, sagte Edgar zum ›Sammler‹ und zu den elf anderen Schalterangestellten, die inzwischen gemerkt hatten, daß etwas nicht stimmte. »Zwei Pistolen. Sechsundzwanzig Schuß.«

Sie starrten ihn an wie gebannt, und keiner sprach ein Wort.

Dann läutete die Startglocke.

Edgar fuhr zusammen.

»Sie sind gestartet«, verkündete der Ansager.

Im vierten Stock stieg zuerst der Wächter mit dem Wäschewagen aus dem Aufzug, dann folgte Velinski, bereit, auf der Stelle zu schießen, sollte der Wächter auch nur eine falsche Bewegung machen. Doch sie beendeten den hastigen, gefährlichen Marsch durch den langen Korridor ohne Zwischenfall.

Als sie die Tür zum ›Horsemen's Club‹ erreichten, hörten sie den Ansager rufen: »Die Pferde sind gestartet!«

»Jetzt muß alles ruck-zuck gehen«, sagte Velinski zu dem Wächter.

Sie betraten das exklusive Restaurant. Abgesehen von den Schalterangestellten, die sie aus aufgerissenen Augen anstarrten, schenkte ihnen niemand Beachtung. Alle Augen waren auf die Pferde gerichtet, die unten über die Bahn jagten.

Als sie den Raum zu zwei Drittel durchquert hatten, kam Edgar ins Restaurant und bedeutete Velinskis Wächter, in den Raum hinter den Schalterfenstern zu kommen. Der Mann zögerte – gehorchte aber hastig, als Velinski ihm mit der Waffe drohte.

»Und jetzt ist ›Moonlighter‹ in Führung gegangen. Aber innen kommt ›Mike's Daughter‹ auf, kämpft jetzt mit ›Shadow Show‹ um den zweiten Platz«, verkündete der Ansager mit großer Begeisterung.

Velinski schob den Wäschewagen weiter durch den Raum bis zu der Tür, die aufs Dach hinausführte. Während Willie die Schalterangestellten in Schach hielt, half Edgar Velinski, den geldschweren Wagen hinaufzuheben. Sie trugen ihn die Treppe hinauf, durch eine zweite Tür aufs Dach.

Der Hubschrauber war nicht da.

»Er wird schon kommen«, sagte Edgar.

»Hoffentlich.«

Sie rannten die Treppe wieder hinunter in den ›Horsemen's Club‹, holten den zweiten Wagen, hievten ihn keuchend die Stufen hinauf, hoben ihn neben den ersten Wagen.

Selbst auf dem Dach noch war die überschnappende Stimme des Ansagers zu hören.

»Und da kommt ›Shadow Show‹. ›Shadow Show‹ hat das große Rennen gewonnen! Der Sieger heißt ›Shadow Show‹!«

Willie kam die Treppe heraufgerannt.

»Wo ist der verdammte Hubschrauber?« Er wirbelte herum, als hielte sich die Maschine hinter ihm verborgen. »Gleich bricht unten die Hölle los.«

Willies letzte Worte gingen im Knattern des nahenden Helikopters unter. Die vier Räder berührten das Dach und setzten auf. Automatisch öffnete sich die Tür in der Seite des Kaman Huskie.

Gebückt rollten Edgar und Velinski die Wäschewagen zu der breiten Öffnung und hoben sie nacheinander in die Maschine. Keuchend, mit hämmerndem Herzen, von Schwäche und Angst übermannt, dachte Velinski, du meine Güte, im Film ist es nie so. Im Film ist immer alles so einfach.

Als Henry Cooper den Toten und die Gefesselten im Ausstellungsraum vorfand, nahm er sich nicht die Zeit, einen Puls zu fühlen oder die Fesseln zu lösen. Er rannte hinaus und durch die Halle zum Telefon hinter der Theke in der Saddle Bar. Er hob ab und lauschte dem Summen in der Leitung und drückte auf die Knöpfe.

Minerva war nicht an ihrem Platz.

»Verdammt!«

Cooper ließ den Hörer auf die Gabel fallen und rannte wieder hinaus. In der Halle hielt er einen Wächter an und berichtete ihm von dem, was er im Ausstellungsraum vorgefunden hatte. Dann raste er die Treppe hinunter und verließ das Gebäude durch den Ausgang für die Angestellten.

»Und jetzt ist ›Moonlighter‹ in Führung gegangen. Aber innen kommt ›Mike's Daughter‹ auf, kämpft jetzt mit ›Shadow Show‹ um den zweiten Platz«, schrie der Ansager aufgeregt.

Cooper rannte durch den hell erleuchteten Tunnel, der vom Führring unter der Rennbahn hindurch zu den Stallungen führte. Als er auf der anderen Seite in der Nähe des TRPB-Büros herauskam, hörte er den Ansager rufen: »Und da kommt ›Shadow Show‹. ›Shadow Show‹ hat das große Rennen gewonnen. Der Sieger heißt ›Shadow Show‹.«

Schwitzend und schnaufend stürzte Cooper in den Dienstraum des TRPB-Baus und sah ein Dutzend Männer aus den hinteren Räumen laufen. Einer von ihnen war Bud Teagarten. Cooper packte ihn.

»Bud – hier war ein Raubüberfall.«

»Wissen wir«, sagte Teagarten.

»Im Ausstellungsraum?« fragte Cooper mit pfeifendem Atem.

»Ausstellungsraum?« fragte Teagarten verständnislos.

»Die Million. Sie ist verschwunden.«

»Großer Gott«, rief Teagarten. »Da waren sie auch?«

»Auch?«

»Sie haben den Kassenraum im Souterrain ausgeraubt«,

erklärte Teagarten. »Und wahrscheinlich auch sämtliche Wettschalter.«

Cooper war sprachlos. »Das sind ja an die zwei Zentner Geld – in vielleicht zwei Dutzend Säcken. Wie wollen die Kerle das wegschleppen?«

»In einem Hubschrauber«, antwortete Teagarten. »Er ist eben auf dem Dach vom Restaurant gelandet.«

Sobald die beiden Wagen mit dem Geld sicher in der Maschine untergebracht waren, kletterte Edgar über die Trennwand zwischen Frachtkabine und Flugdecke. Er ließ sich in den Sitz des Kopiloten fallen und schnallte sich an.

»Alles in Ordnung?« rief Dominick Savestio.

»So weit ja.«

»Dann ab durch die Mitte.«

Savestio hatte eine große Wunde am Kopf, und sein Gesicht war von einer Maske verkrusteten Bluts überzogen.

»Was ist Ihnen denn passiert?« fragte Edgar.

»Ich bin gestürzt. Beinahe wäre ich ohnmächtig geworden.«

Garrison zuckte zusammen.

»Schon wieder in Ordnung.«

»Sicher?«

»Bißchen schwindlig«, rief Dominick. »Aber das ist gar nichts.«

Edgar blickte über die Trennwand nach rückwärts und sah, wie Lou Velinski Willie Denver in den Frachtraum half.

»Alle an Bord«, sagte er zu Dominick. »Es kann losgehen.«

Mit einem machtvollen Ruck sprang der Kaman Huskie zum Frühlingshimmel hinauf. Er wendete scharf, hing einen Moment in der Luft und schwebte dann knatternd über die Rennbahn auf die Reihe stattlicher, alter Eichen zu.

»Zwei Millionen?« fragte Savestio.

»Leicht«, schrie Garrison.

»Und alles in Ordnung?«

»Das haben Sie schon mal gefragt.«

»Ach ja?« Savestio wischte sich mit einer Hand über die Augen. Seine Finger glänzten blutig, als er sie wegzog.

Als sie Kurs über die Stallungen nahmen, eröffneten mindestens ein Dutzend Männer mit Handfeuerwaffen das Feuer auf sie.

»Diese Idioten«, rief Savestio. »Wenn sie uns richtig treffen, fallen wir genau in die Pferdeställe.«

Kugeln prallten klirrend am Metallrumpf ab und knallten gegen das dicke Plexiglas über der Pilotenkanzel. Unmittelbar vor Edgars Brust splitterte das Plexiglas, doch es zersprang nicht.

Savestio zog die Maschine nochmals dreißig Meter in die Höhe. Er legte Tempo zu, als sie die Stallungen hinter sich ließen und auf die Wälder und die Lichtung zuhielten, wo der Mazda wartete.

Garrison umklammerte verkrampft den Rand seines Sitzes. Die Nase der Maschine war steil in die Tiefe gerichtet, während sie dahinflogen, und er hatte Angst, ihm würde übel werden. Er wagte kaum zu atmen, während unter ihnen der Wald vorüberhuschte – und dann plötzlich stockte ihm der Atem ganz, als der Hubschrauber unvermittelt schräg nach unten schoß, direkt auf die Bäume zu. Er warf einen Blick auf Savestio und sah, daß der Pilot über den Instrumenten zusammengebrochen war.

Der Sturz, dachte Edgar bitter. Der verdammte Sturz.

Er lehnte sich zur Seite und packte Savestio bei der Schulter. Er schüttelte ihn und schrie ihn an.

Der Pilot war bewußtlos.

Knatternd glitt der Kaman Huskie in die Tiefe, immer weiter, streifte fast die Wipfel der Bäume.

Vor ihnen tauchte die Lichtung auf. So nahe, dachte Edgar.

Hinter ihm schrie Willie etwas Unverständliches.

»Dominick!« brüllte Garrison verzweifelt.

Savestio hing schlaff in seinem Gurt.

An der Grenze der Lichtung faßten die höchsten Zweige der Bäume nach den Rädern des Hubschraubers. Das durchdringende Kreischen gefolterten Stahls und das schußähnliche Krachen von Bolzen, die mit Gewalt gesprengt wurden, füllte die Kabine an. Sie schwankten und schaukelten, als wären sie plötzlich aus einem Flugzeug auf das Deck eines Schiffes versetzt worden. Der Hubschrauber schlug einen Salto in der Luft – und dann befand er sich über der Lichtung, keine dreißig Meter über dem Boden, die Nase steil zum Himmel aufgerichtet.

Garrison sah nur das Blau des Himmels, rundum nur Himmel.

Raus jetzt! Nur raus!

Er versuchte, die Schließe seines Gurts zu öffnen. Er würde einfach die Tür öffnen und herausspringen, ehe die Maschine aufschlug. Ja. Natürlich. Er mußte nur erst den verdammten Gurt öffnen.

Und dann schlug das Heck der Maschine auf und wurde nach innen zum Flugdeck gedrückt. Der Rotor wurde abgerissen. Die Welt war erfüllt von ohrenbetäubendem Lärm.

Als Killigan wenige Minuten nach dem letzten Rennen vor der Rolltreppe in die Halle vor dem Restaurant trat, fand er sich unversehens inmitten einer wütenden Menschenmenge. Hunderte von Männern und Frauen belagerten die Kassenfenster. Schimpfend, schreiend, fluchend schwenkten sie ihre Wettscheine und bedrohten die Wächter, die sie kaum mehr in Schach halten konnten. Gewalttätigkeit lag in der Luft. Nie zuvor hatte Killigan auf einer Rennbahn etwas Derartiges erlebt. Die Leute schienen alle verrückt geworden zu sein.

Killigan drängte sich gewaltsam zur Treppe durch und ging hinauf in den vierten Stock. An der Tür zu seinem Büro stieß er mit Roy Aspin zusammen.

»Was ist hier los?«

»Wo, zum Teufel, waren Sie die ganze Zeit?« fragte Aspin erregt. »Hier ist der Teufel los. Ich bin eben aus dem Tresor rausgeholt worden. Die Kerle hatten mich im Tresor eingesperrt. Und jetzt ist kein Geld da, um die Gewinner zu bezahlen. Hier wird's gleich einen Massenaufstand geben.«

Killigan packte Aspin an der Schulter.

»Langsam. Ich weiß nicht, wovon Sie reden.«

Aspin berichtete ihm, und als er zum Ende gekommen war, begriff Killigan, daß er vor einer Katastrophe stand, die weit fürchterlicher war als jede, die er sich in seinen schlimmsten Alpträumen vorgestellt hatte.

»Was tun wir jetzt?« fragte Aspin.

Ohne ihm zu antworten, griff Killigan zum Telefon und ließ sich mit dem Küchenchef verbinden.

»Peter, wieviel Wein haben Sie auf Lager?«

»Was für Wein?«

»Ganz gleich. Einfach Wein.«

»Tausend bis elfhundert Flaschen.«

»Gut, das reicht.«

»Wozu?«

»Bringen Sie Ihre Kellner auf Trab. Wir lassen hier ein großes Weingelage steigen – für alle Gäste, die noch im Haus sind.«

»Gratis?« fragte Peter verdattert.

»Wir haben hier ungefähr dreitausend Gewinner vom letzten Rennen, die auf ihr Geld warten. Aber im Moment können wir nicht zahlen. Deshalb müssen wir versuchen, sie auf andere Weise glücklich zu machen, bis ich das Geld herschaffen kann. Ich rufe jetzt gleich die Saddle Bar an und gebe Anweisung, frei Drinks auszuschenken. Vielleicht lassen sich die Leute auf diese Weise beruhigen. Also, an die Arbeit, Peter.«

»In Ordnung.«

Killigan legte auf. Seine Hände zitterten.

»Toller Einfall«, sagte Aspin bewundernd. »Ich geh' runter und sorge dafür, daß es sich rumspricht.«

Glücklich eilte er aus dem Zimmer.

Nachdem Killigan mit dem Barkeeper der Saddle Bar gesprochen hatte, ließ er sich mit dem Präsidenten der Bank verbinden, mit der Century Oaks zusammenarbeitete. Obwohl es Samstagabend war und die Bank geschlossen, gelang es Killigan, dem Bankier das Versprechen abzunehmen, daß eine halbe Million Dollar innerhalb der nächsten anderthalb Stunden nach Century Oaks gebracht werden würde.

Killigan hatte eben aufgelegt, als ein Beamter der State Police in sein Büro trat.

»Wir brauchen Beschreibungen für die Fahndung«, sagte er, nachdem er festgestellt hatte, wer Killigan war.

»Da sind Sie bei mir an der falschen Adresse«, erklärte Killigan und erläuterte ihm den Weg zum Ausstellungsraum und zum Kassenraum. »Dort sind genug Leute, die die Burschen gesehen haben.«

»Danke, Sir«, sagte der Beamte und wandte sich zum Gehen.

»Einen Moment noch«, rief Killigan.

Der Beamte sah ihn an.

»Was haben Sie inzwischen unternommen?«

»Die Meldung von dem Überfall ist erst vor fünfzehn Minuten bei uns eingegangen«, erklärte der Beamte. »In etwa fünfzehn bis zwanzig Minuten sind unsere Hubschrauber in der Luft. Und in zehn Minuten kann ich die Beschreibungen über Funk durchgeben.«

»Hm.«

»Sie entkommen bestimmt nicht.«

»Hoffen wir's«, sagte Killigan.

Der Beamte ging.

Aspin kam von unten herauf, um über die Reaktion der Gäste zu berichten.

»Fantastisch«, sagte er. »Vor zwanzig Minuten sah es noch so aus, als würden die Leute hier gleich alles kurz und klein schlagen, und jetzt steigt im Restaurant die tollste Party.« Er schüttelte den Kopf. »Sie sind großartig, Jack. Sie allein haben Century Oaks gerettet.«

Killigan lächelte schwach. Er wußte, daß er Century Oaks verloren hatte.

Er war nicht verletzt. Die Pilotenkanzel war durch den Absturz nicht zertrümmert worden. Die einzige Gefahr, die jetzt drohte, war Feuer. Das Wrack stank nach Benzin. Jeden Moment konnte die Maschine explodieren.

»Edgar?« Die Stimme war vertraut und doch fremd; dünn und schwach. Sie kam aus dem Frachtraum unmittelbar hinter Garrison.

»Willie? Sind Sie das?«

Willie hustete, räusperte sich, spie aus.

»Alles in Ordnung?« fragte Garrison.

»Ich – kann mich nicht bewegen ... ziemlich schlimm.«

Edgar riß an seinem Gurt, der Panik viel zu nahe, um ruhig zu überlegen.

»Sie müssen nur einen Moment durchhalten.«

»Kann nicht – glaube, ich kann nicht ...«

»Natürlich können Sie.«

»Sehr schlimm – viel Blut ...«

»Durchhalten, verdammt nochmal!« Garrison wußte, daß er brüllte, daß er sich unsinnig benahm, doch er konnte sich nicht beherrschen. Sie hatten das Geld – und doch war alles schiefgegangen.

Und jetzt hing er in diesem gottverdammten Gurt fest. Er lag in seinem Sitz. Zu seiner Rechten war die Erde. Zu seiner Linken, über ihm in dem gekippten Hubschrauber, hing Dominick Savestio. Darüber war die einzige Tür in die Freiheit. Wenn er nur aus dem Gurt herauskam, konnte er dort hinaufklettern, die Tür aufdrücken, Savestio und Willie hinausschleppen, ehe die Maschine in die Luft flog. Aber die Schließe des Gurts war verklemmt.

»Lou ist tot«, sagte Willie.

»Nein! Das ist unmöglich.«

Willie stieß ein ersticktes Lachen aus, das fast hysterisch klang.

»Oh, doch, es ist möglich. Er ist tot.«

Schwarze Verzweiflung bemächtigte sich Edgars. Sie hatten dem Glück nachgejagt und statt dessen den Tod gefunden. Vielleicht würde er als nächster sterben.

»Halten Sie durch, Willie«, sagte er. »Bitte, tun Sie das für mich, ja? Geben Sie nicht auf, Willie?«

Schweigen.

»Willie!«

Der Benzingestank war jetzt fast unerträglich. Edgars Augen begannen zu tränen. Das Atmen machte ihm Mühe.

Plötzlich öffnete sich die Schließe des Sicherheitsgurts. Er war frei.

Er hievte sich aus seinem Sitz und kroch den Boden hinauf. Er zog sich an Savestios Sitz hoch und stemmte sich gegen die hüfthohe Trennwand zum Frachtraum.

Savestio murmelte und hustete.

»Dominick?«

Doch der Pilot war schon wieder in die Bewußtlosigkeit zurückgeglitten.

Garrison spürte, wie ihm übel wurde von den Benzindämpfen. Er mußte hinaus, sonst würde er das Bewußtsein verlieren. Und wenn er erst einmal bewußtlos war, würde er nie wieder aufwachen.

Er zwängte sich an Savestio vorbei und schob sich mühsam in den engen Raum zwischen dem Pilotensitz und der Tür. Er fand die Klinke und drückte sie herunter. Nichts geschah.

Er drückte mit der Schulter hart gegen die Tür. Er drückte so fest, daß ihm die Adern am Hals zu dicken Strängen anschwollen. Unvermittelt flog die Tür auf.

Er ließ sich zu Boden hinunter und blieb neben dem Hubschrauber liegen.

Zwei Minuten später, als er sich einigermaßen erholt hatte, machte er sich daran, Savestio aus dem Wrack zu befreien. Ein schmächtigerer Mann als Garrison hätte es nicht geschafft; doch innerhalb von fünf Minuten hatte Edgar den Piloten aus der Maschine gezogen und auf den Rücksitz des Mazda gelegt.

Der Hubschrauber brannte immer noch nicht.

Garrison kehrte zu ihm zurück. Er kletterte zur Tür hinauf, zögerte nur einen Moment, stieg dann in die Kabine hinein. Er kletterte über die Trennwand in den Frachtraum und kniete neben Willie Denver nieder.

Der kleine Mann sah aus wie eine Stoffpuppe, der man die Füllung herausgerupft hat. Er lag eingeklemmt unter dem Dachaufbau des Helikopters, der beim Absturz eingebrochen war. Seine Beine waren fast vom Rumpf getrennt. Er hatte ungeheuer viel Blut verloren. Er war nur deshalb noch nicht verblutet, weil der schwere Stahl, der auf seinen Schenkeln lag, die Adern abdrückte.

»Willie?« sagte Garrison leise.

Die Augen öffneten sich.

»Ich hole Sie hier heraus.«

»Geht nicht – es ist aus.«

»Unsinn.«

Willie hustete, und ein Blutstrom rann ihm über die bleichen Lippen.

Garrison untersuchte das Stahlgerüst, um festzustellen, ob es ein Mittel gab, es hochzuheben.

»Hören Sie zu«, flüsterte Willie heiser.

Garrison sah ihn.

»Willie ist fertig. Wenn Sie hier bleiben – werden Sie geschnappt.«

Sein Gesicht war schweißnaß.

»Willie, ich will Sie nicht hier lassen. Ich kann nicht.«

Zorn spiegelte sich im Gesicht des kleinen Mannes.

»Sie müssen entkommen – mit dem Geld. Zum erstenmal – erstenmal in seinem – seinem unbedeutenden Leben – hat Willie Denver – an etwas Großem – etwas Großem teilgehabt. Jahrelang – jahrelang werden sie von – von dem kleinen Denver reden – diesem kleinen Nichts, der – der an einer ganz großen Sache – beteiligt war. Jahrelang! Endlich hat's Willie geschafft.«

»Willie, ich –«

»Sie haben Annie«, sagte Willie. »Sie ist schön. Wunderbare Frau. Los, gehen Sie. Schaffen – schaffen Sie das Geld raus. Fahren Sie los – zu Annie.« Er wollte lächeln und zuckte zusammen vor Schmerz. »Und – und sagen Sie Annie, wie – daß Willie sie – sie auf seine Art geliebt hat.« Er hustete. »Sagen Sie ihr – daß *ich* sie – auf meine Art geliebt habe. Okay?«

Edgar nickte. »Okay, Willie.«

»Sie sagen es ihr so – wie ich es – es gesagt habe? Ich habe nicht gesagt – Willie hat sie geliebt. Ich habe gesagt – *ich* habe sie geliebt.«

»Ich verstehe, Willie«, sagte Garrison sanft.

»Ich hab's doch noch geschafft. Ich bin jemand.«

»Ja, Sie sind jemand.«

»Genießen Sie das Geld.«

»Ich werd's versuchen, Willie.«

»Versprechen Sie's. Sie *müssen* – müssen es genießen. Geld war der springende Punkt. Sonst war es nichts als ein großer, dicker Fehlschlag. Verstehen Sie mich?«

»Ja, ich habe verstanden.«

Willie seufzte. Das Seufzen wurde zu einem Röcheln. Er zitterte. Er schloß die Augen. Sie blieben geschlossen.

Edgar kniete einen Moment still neben ihm, dann machte er sich daran, die Geldsäcke aus dem Hubschrauber zu laden. Er hatte es dem Toten versprochen. Er schleppte die Säcke in die Kanzel. Dann hob er einen nach dem anderen durch die offene Tür. Seine Arme schmerzten, als er fertig war.

Er brauchte nur zwei, drei Minuten, um die Säcke in den Mazda einzuladen. Jetzt konnte er fahren.

Im letzten Moment kam ihm noch ein Gedanke. Er zog ein Bündel Zehndollar-Scheine aus einem der Säcke und zündete das Papier an. Als die Scheine gut brannten, drehte er sich um und warf sie vorsichtig in die abgestürzte Maschine. Mit einem Knall fing das ausgelaufene Benzin Feuer.

Wenn die Polizei jetzt den Hubschrauber fand, würde sie ihn erst durchsuchen können, nachdem er abgekühlt war.

Edgar stieg in den Mazda und schlug die Tür zu.

Auf der Anhöhe hinter den Stallungen hielt Henry Cooper an und wartete auf die anderen vier Männer.

»Los! Schnell!« rief er zu ihnen hinunter.

Sie hatten schon viel zuviel Zeit verloren. Von Anfang an war er sicher gewesen, daß der Hubschrauber ganz in der Nähe gelandet war, irgendwo im Wald. Der Pilot hatte die Maschine schlecht gesteuert. Sie hatte immer mehr an Höhe verloren, während sie sich dem Kamm des Hügels näherte. Vielleicht hatte eine der Kugeln der TRPB-Männer die Plexiglashaube der Pilotenkanzel durchbohrt. Wie dem auch sein mochte, sein Instinkt sagte ihm, daß der Hubschrauber gelandet war. Doch er hatte mindestens zehn Minuten damit vergeuden müssen, die anderen von der Richtigkeit seiner Vermutung zu überzeugen.

»Eine Minute Atempause«, sagte Cooper. »Aber keine Sekunde länger. Wenn wir weitergehen, dann in einem Abstand von acht bis zehn Metern hintereinander. Eine gründliche Suche ist im Moment überflüssig. Am Hang haben die Burschen ihre Maschine bestimmt nicht geparkt. Erst wenn wir unten auf dem flachen Land sind, müssen wir uns genau umsehen. Vielleicht haben wir Glück.«

Im Wagen griff er nach einer braunen Männerperücke, die auf dem Beifahrersitz lag und stülpte sie sorgfältig über seinen kahlen Kopf. Die Hornbrille hatte er schon weggeworfen. Er schnallte sich an, startete den Motor und fuhr aus der Lichtung hinaus.

Wie vor sechs Tagen fuhr Garrison den Mazda mit höchstmöglicher Geschwindigkeit. Er wußte, daß bald die Hubschrauber der State Police die Gegend unsicher machen würden. Er nahm die abrupten Kurven alle auf zwei Rädern. Er steuerte den Wagen in pfeilschneller Fahrt über Schlaglöcher und Regenfurchen und raste ohne nach rechts oder links zu sehen zwischen den Ulmen, Birken und Föhren dahin, die ihm kaum genug Fahrbahn ließen.

Er kam zu der bewaldeten Anhöhe, auf der er am vergangenen Sonntag Schwierigkeiten gehabt hatte. Er lenkte den Wagen den Hang hinunter zu dem Stück schlammigen Wegs, das am Fuß des Hügels lag und in den dunklen Tunnel aus Föhrenzweigen hineinführte. Er kannte jeden Zentimeter Boden. Er fand die Strecke diesmal gar nicht gefährlich. Es ging wie geschmiert.

Annie hatte recht behalten: Jessup war kein Mensch, dem man Vertrauen schenken konnte, wenn es um Geld ging.

»Du hast einen Fehler gemacht«, sagte Garrison, als könnte Jessup ihn hören. »Du hast einen schweren Fehler gemacht, Pat Jessup.«

Auf dem Rücksitz stöhnte Savestio.

Sie waren fast am Fuß des Hangs, als der Knall der Explosion durch die stille Landschaft donnerte. Alle außer Cooper blieben wie angewurzelt stehen.

Cooper drehte sich um und rief: »Mensch, kommen Sie schon. Keiner wirft hier mit Bomben.«

Nicht einmal eine Minute später erreichten sie die Lichtung und umkreisten den brennenden Hubschrauber.

»Sie hatten recht«, rief Teagarten über das Zischen und Knistern der Flammen hinweg. »Glauben Sie, daß sie drinnen sind?«

Ehe Cooper ihm antworten konnte, wurde das Knattern einer Maschinenpistole laut. Sie warfen sich alle zu Boden und versuchten hastig, in Deckung zu robben.

Cooper brauchte einen Moment, um sich von dem Schrekken zu erholen. Dann sagte er: »Das war gar nicht hier. Das war gut anderthalb Kilometer entfernt. Es hat nicht uns gegolten.«

»Sie glauben, die schießen sich gegenseitig ab?« fragte Teagarten.

Cooper nickte. »Möglich ist es. Aus welcher Richtung sind die Schüsse Ihrer Meinung nach gekommen?«

»Von Osten«, antwortete Teagarten ohne Zögern.

»Den Eindruck hatte ich auch«, meinte Cooper. Er hob sein Gewehr und wies zum östlichen Ende der Lichtung. »Sehen Sie das Dickicht da drüben? Sieht aus, als wäre da vor kurzem ein Wagen durchgefahren, nicht wahr?«

»Ja, genau.«

Cooper sprang auf. »Wenn sie sich gegenseitig abknallen, dann sitzen sie jetzt nicht in einem Auto.«

Unten, auf dem schlammigen Stück Weg hatte Jessup den gestohlenen Chevrolet quergestellt. Er selbst stand fünfzehn Meter vom Wagen entfernt, die Maschinenpistole in beiden Händen, als wollte er den Chevrolet vor Garrison bewachen.

Edgar bremste wiederholt, während er hangabwärts fuhr und verringerte die Geschwindigkeit auf zehn Kilometer pro Stunde. Langsam ließ er den Wagen vorwärtsrollen, direkt auf Jessup zu.

Jessup grinste. Er trat von der Mitte des Wegs an den Rand, um Garrison Platz zum Anhalten zu geben.

Vielleicht hätte ich das einmal getan – früher. Jetzt nicht mehr. Du hast einen Fehler gemacht, Pat.

Genau in diesem Glauben wollte Edgar Jessup lassen. Als Jessup, seiner Sache viel zu sicher, die Waffe senkte, trat Garrison das Gaspedal durch und steuerte den Mazda direkt auf Jessup zu.

Jessup reagierte schnell, aber nicht schnell genug. Der Mazda erfaßte ihn an der rechten Hüfte, schleuderte ihn hoch und katapultierte ihn weit ins Dickicht hinein.

Edgar hielt den Wagen an und stieg aus.

Er fand die Maschinenpistole und dann fand er Jessup. Die Hüfte des Mannes war zerschmettert, sein Bein war mehrfach gebrochen. Weißer Knochen, mit Blut bespritzt, stach durch den zerrissenen Stoff der Hose. Er war bei Bewußtsein. Doch die Schmerzen waren so stark, daß das Knirschen seiner Zähne zu hören war.

»Sie hätten schon schießen sollen, als ich den Hang herunterkam«, sagte Garrison in das schmerzverzerrte Gesicht hinein. »Aber das war Ihnen wohl nicht genug des Spaßes. Sie wollten mein Gesicht sehen, wenn Sie mich töteten.«

»Ich wollte – Sie nicht erschießen.«

»Doch. Und was hätten Sie dann Annie angetan. Sie

wären zur Farm hinausgefahren. Sie hätten sie vergewaltigt. Vielleicht geschlagen. Und dann hätten Sie sie auch getötet. Sie sind wahrscheinlich immer schon so gewesen.« Edgar blickte auf Jessup hinunter, als wäre er ein Tier in einer Falle, ein seltenes und abstoßendes Exemplar. »Sogar als Kind müssen Sie schon so gewesen sein. Zu allem fähig. Vielleicht Erbmasse.«

»Um Gottes willen, helfen Sie mir!« stöhnte Jessup.

»Und weil *Sie* sich nie geändert haben«, fuhr Edgar fort, »glauben Sie wahrscheinlich, daß auch die anderen Menschen sich nicht ändern. Sie können sich nicht vorstellen, daß jemand sich ändert. Für Sie ist ein Mensch das, was er ist – und er wird nie etwas anderes sein.«

Jessup versuchte aufzustehen. Er schaffte es nicht. Er fiel zurück in eine Pfütze dicken Schlammes.

»Als Sie mich kennenlernten«, sagte Garrison, »war ich ein netter, harmloser Bursche, der sich alles gefallen ließ. Sie glaubten, so wäre ich auch jetzt noch. Deshalb stellten Sie sich da an den Weg und vertrauten mir. Aber ich habe mich verändert. Ich wollte das Geld haben, und um es zu bekommen, habe ich mich verändert. Ich hoffe nur, jetzt, wo ich es habe, kann ich wenigstens teilweise wieder der werden, der ich einmal war.«

Jessup streckte die rechte Hand hoch.

»Wir sind doch Kumpel. Wir haben das Ding zusammen gedreht.«

»Wo ist Greenfield?«

Jessup starrte ihn ausdruckslos an.

»Tot?«

»Tot? Natürlich nicht. Nein.«

»Tut mir leid«, sagte Garrison, »ich kann Ihnen nicht trauen. Wenn Sie gesund sind, bin ich dran. Sie ändern sich nicht. Sie bleiben immer der gleiche. Wenn die Bullen Sie schnappen, singen Sie, um sich freizukaufen. Nein. Ich habe das Geld – und jetzt habe ich auch den Geschäftssinn eines Bankiers. Es tut mir leid. Wirklich.«

Er hob die Maschinenpistole und feuerte.

Henry Cooper bemühte sich, dem Toten nicht ins Gesicht zu sehen, seine Hände nicht mit dem fremden Blut zu beflekken, während er die Taschen des braunen Anzugs durchsuchte. Teagarten kam und kniete neben ihm nieder. Er und die drei anderen Männer hatten den Chevrolet durchsucht.

»Nun?« fragte Cooper.

»Kein Geld.«

»Dachte ich mir schon.«

Sie standen beide auf.

»Nun«, meinte er, »das wär's dann wohl. Einer oder mehrere sind mit dem Geld entkommen.«

»Vorläufig«, sagte Teagarten. »Die Polizei wird sie schon noch erwischen.«

»Das glaube ich nicht«, widersprach Cooper. »Sie haben genug Pech gehabt. Wir hatten unsere Chance. Wenn wir ein paar Minuten schneller gewesen wären, hätten wir sie gefaßt. Aber wir haben uns das selbst verpfuscht.«

»Hm, vielleicht haben Sie recht.«

»Ich weiß, daß ich recht habe. Mein Instinkt trügt nie.«

20

Am Abend des zehnten Juni leerte Dominick die eine Million Dollar aus der Aktentasche auf den Schreibtisch.

»Heiliges Kanonenrohr!« sagte Barry St. Cyr.

Er ging in die Küche hinaus, um Bier zu holen. Als er zurückkam, blieb er vor dem Schreibtisch stehen.

Savestio nahm sich eine Dose Bier und öffnete sie.

»Kannst du das für den halben Preis verkaufen?«

St. Cyr nickte.

»Okay, wir machen halbe-halbe.«

»Kommt nicht in Frage.«

»Oh, doch. Sonst wird gar nichts aus dem Geschäft.«

»Ja, kriegst du's denn nicht in deinen dicken, weißen Schädel rein, daß du mir nichts schuldest?«

Dominick trank einen Schluck Bier.

»Die Dinge haben sich geändert, Barry. Ich bin dir dankbar für das, was du für mich getan hast. Aber ich kann nicht zulassen, daß du mir weiterhin dauernd unter die Arme greifst. Das tut nicht gut. Jetzt, wo ich das Geld habe, kann ich mir selbst helfen. Und das hier ist nur ein Teil von dem, was ich bei dem Überfall auf die Rennbahn gemacht habe. Ich habe nochmal zweihunderttausend. Und wenn ich jetzt endlich mal selbst für mich sorgen kann – naja, dann bin ich doch wieder ein Mann, wenigstens teilweise. Auch ohne – ohne Frauen bin ich ein Mann, wenn ich mein eigenes Leben selbst meistern kann. Verstehst du das?«

St. Cyr blickte ihn einen Moment lang schweigend an, dann lächelte er.

»Ja, das verstehe ich, Dom.«

»Halbe-halbe?«

»In Ordnung.«

Das Pferd traf am fünfzehnten September nachmittags um zwei Uhr ein. Es war ein schöner, zweijähriger Rappe mit einer weißen Dreieckszeichnung auf der Nase. Es war ein Nachkomme von Bold Ruler und ein Sohn von Narraganset, einer Stute erstklassigen Bluts. Auf einer Versteigerung vor zwei Wochen hatte es fünfzigtausend Dollar gebracht. Und nun war es das Kronjuwel des Stalls Garrison in Hollywood Park, Kalifornien.

Edgar und Annie verbrachten an diesem Nachmittag fast

drei Stunden mit dem Tier. Sie rieben es ab, ließen es ein Stück laufen und fütterten ihm viel zu viele Zuckerwürfel.

»Wie wollen wir ihn nennen?« fragte sie.

»Also, wenn ich sehe, wie er mit dir flirtet – wie wär's mit Annies Beau?«

»Ich habe wirklich einen Namen«, sagte sie. »Er ist ein bißchen sentimental. Vielleicht gefällt er dir nicht.«

»Heraus mit der Sprache.«

»Willies Memory.«

Sein Lächeln gefror einen Moment, dann taute es auf. »Gut, aber ohne Tränen. Willie hat uns Geld gebracht. Dieser Willie wird Rennen gewinnen und uns auch eine Menge Geld bringen. Der Name paßt. Und so ein Andenken ist besser als ein Marmorgrabstein.«

Um fünf Uhr kehrten sie in das große Haus am Hügel zurück, wo schon die Tische für das Fest zu Ehren von Willies Memory aufgestellt wurden. Um acht Uhr trafen die ersten Gäste ein. Der Wein floß in Strömen. Das Essen war köstlich. Und als um drei Uhr morgens der letzte Gast gegangen war, sprangen Edgar und Annie in das riesige Schwimmbekken in ihrem weitläufigen Park.

Edgar zog Annie im Wasser an sich und küßte ihre Augen.

»Du kennst doch das alte Sprichwort«, sagte er.

»Welches?«

»Geld macht nicht glücklich.«

Sie küßte ihn leicht auf den Mund.

»Ja. Und was ist damit?«

»Das ist blanker Blödsinn«, sagte Edgar.

ENDE